Las muchas muertes de Pancho Villa

Las muchas muertes de Pancho Villa

1ª edición, julio de 2010

D.R. © 2010, Elman Trevizo
D.R. © 2010, Ediciones B México S. A. de C. V.
D.R. © 2010, Ricardo Peláez por las ilustraciones
Bradley 52, Col. Anzures, 11590, México, D. F.

www.edicionesb.com.mx

ISBN 978-607-480-082-1

Las muchas muertes de Pancho Villa

Elman Trevizo

EDICIONES B
GRUPO ZETA

Barcelona•Bogotá•Buenos Aires•Caracas•Madrid•México D.F.•Montevideo•Quito•Santiago de Chile

El hombre que pueda matar
a Pancho Villa aún no ha nacido.
Pancho Villa

Mi nombre es Doroteo Rosas

IR A ESA PLAZA era como retroceder en el tiempo. En ella se podían encontrar cosas muy viejas, y los vendedores vestían con ropas que se usaban hacía muchos años.

A Doroteo le gustaba mucho fotografiarse y siempre le pedía a su mamá que lo llevara a la plaza, donde estaba Filiberto, un señor con una cámara muy grande y antigua, de donde salían chispas y humo cada vez que tomaba una fotografía.

Para todos los paseantes, esa cámara era una curiosidad y por eso la veían con detenimiento antes de pedir que los retrataran.

La mamá de Doroteo no tenía dinero para llevarlo todos los días con el fotógrafo, pero iban en cuanto juntaba unas monedas, pues ella quería ver, por medio de las imágenes, cómo iba creciendo su hijo.

La habitación donde dormía Doroteo estaba repleta de retratos en donde salía de diferentes formas: sonriendo, enojado, pelando los dientes, parándose de cabeza, jalándose los pelos, chimuelo y hasta sacándose los mocos.

—Un día de éstos ya no vas a caber en tu cuarto… las fotografías te van a sacar —le decía su mamá al ver el mosaico de imágenes en las paredes.

Pero Doroteo no le creía, y prefería pensar que de grande iba a convertirse en un fotógrafo famoso y rico, que viajaría por todo el mundo enseñándole a la gente lo que salía de su cámara.

Iba a tomar retratos de todos tamaños, y tan coloridos que encandilarían a quien los viera.

Pero había un problema: Doro, como le decían sus amigos, no tenía para comprar una cámara y así nunca empezaría a tomar fotografías. Ni buenas, ni malas.

Todos los 31 de diciembre se ponía como propósito de año nuevo juntar lo suficiente para comprar una muy grande, que sacara más chispas que la de Filiberto, o una más nueva, aunque no sacara nada.

Pero pasaban los años y por más que ahorraba, nunca juntaba suficiente dinero, ni siquiera para una cámara del tamaño de una uña de gato.

Se empleaba con los vecinos para cortar la hierba, traer el mandado o sacar a pasear el perro, pero en la escuela se gastaba el dinero así como lo ganaba, pues su estómago le pedía galletas rellenas de chocolate, raspados con chamoy o paletas de tamarindo que, al igual que a sus amigos, le encantaban; y no le importaba que los maestros dijeran que con esos *chuchulucos* salían lombrices. Seguramente él ya tenía una muy grande comiéndole parte del estómago.

Así hubiera estado Doro sin comprar ninguna cámara, si no se hubiera encontrado en el parque a una señora muy misteriosa que le ofreció un trabajo para que pudiera cumplir su sueño.

La señora era flaca, de piel muy blanca y greñas enredadas. Pero aun así, era bonita, con los ojos negros y la mirada triste, aunque un poco terrorífica.

—¿Cómo te llamas, muchacho?

—Doroteo Rosas Parra para servirle —contestó rápidamente, pues su mamá siempre le había dicho que así se debe de contestar. De corridito, sin tomar aire, y siendo atento con los adultos.

A partir de ese momento, en el que Doro le extendió la mano a la señora misteriosa para presentarse, se hicieron muy buenos amigos. Entonces ella lo invitó a darle de comer a las palomas. Se veían todos los días a las cuatro de la tarde y aprovechaban para platicar de muchas cosas, como por ejemplo, el gusto de Doro por la fotografía.

Y aunque platicaban mucho, no fue hasta una semana después de conocer a la señora cuando ésta le confesó su nombre:

—Alicia Perea. De los Perea de San Francisco del Oro —aunque Doroteo no sabía dónde estaba ese pueblo que se llamaba tan raro.

Todos los días, alrededor del niño y la señora, estaban cientos de palomas disfrutando las semillas que les aventaban. Los dos, para entretenerse, inventaban historias.

—Esa paloma de ahí, se llama Fermina. Antes vivía en el Ojo de Agua, pero en ese lugar ya no hay comida, y ni mucho menos qué beber, y por eso se vino a vivir a Parral, para no morirse de sed y hambre.

—Él se llama Carmelo, y siempre ha vivido en Parral. Era el palomo mensajero de un soldado, pero se cansó de siempre llevar cartas de amor y cuando tuvo la oportunidad de escaparse con una paloma, lo hizo.

Y así iban inventándoles vidas. Pero al igual que el palomo Carmelo, Doro se cansó de hacer lo mismo todos los días y le dijo a Alicia que ya no podría acompañarla porque tenía que ir a jugar fútbol con sus amigos. Fue la única mentira que se le ocurrió.

Y como no era muy bueno para mentir, doña Alicia supo que a su amigo ni siquiera le gustaba el fut. Entonces, para que no se aburriera, decidió contarle un secreto; uno de ésos que, dicen, te cambian la vida.

—Esto no se lo he dicho a nadie. Tú vas a ser el primero en saberlo. Pero como te llamas igual que él, te lo voy a contar.

—¿Igual que quién? —preguntó Doro, sin entender de quién hablaba doña Alicia.

—Igual que Pancho Villa.

Doro se quedó pensativo, y luego contestó:

—Yo no me llamo Pancho Villa. Me llamo Doroteo Rosas.

—¡Ay chamaco! Pancho Villa tampoco se llamaba así.

—Pues ya me reborujé. No sé quién es ese tal Pancho.

Doña Alicia respiró hondo y empezó a explicarle. Doro abrió los oídos para entender bien, para que su amiga no pensara que era un tardado y que no sabía escuchar.

Su nombre es Pancho Villa

—Pancho Villa fue un hombre que luchó hace mucho tiempo para que la gente viviera mejor y pudiera tener más comida, más ropa y fuera a la escuela como tú. En fin, para que todos vivieran más tranquilos —dijo Alicia—. A lo mejor ahorita no lo entiendes... Pero ya verás que en unos meses vas a saber de Villa mucho más que aquellos escritores que publican libros sobre él, y que creen conocerlo. Pancho Villa era un señor bigotón de ojos cafés que en realidad se llamaba Doroteo, como tú, y se apellidaba Arango. Cuando llegó aquí a Chihuahua se cambió de nombre por Pancho Villa. La razón por la que ya no quiso llamarse Doroteo, también la sabrás dentro de poco. No voy a hacer un acertijo para que adivines el secreto que tengo sobre este personaje que murió aquí en Parral; a unas cuantas cuadras de donde estamos. Te lo voy a decir directamente. Pero antes necesito que me prometas que no le dirás a nadie mi secreto, y que si te lo digo, será sólo de nosotros dos. Hay personas que darían todo el dinero que tienen, e incluso su vida, por esto que me heredó mi mamá. ¿Me prometes que no se lo vas a decir a nadie?

Doroteo Rosas asintió con la cabeza. Aunque no estaba muy convencido de poder cerrar el pico en cuanto tuviera ganas de contar el secreto de doña Alicia, que ahora iba a ser también suyo. Nunca le habían compartido uno, y por eso no estaba acostumbrado a guardarlos. Los únicos secretos que él tenía le daban tanta vergüenza que era imposible que alguna vez se le fuera la lengua diciéndoselos a alguien.

—Bueno, siendo así —continuó Alicia—, te lo voy a decir esta tarde, junto a la estatua de Villa que se encuentra abajo del cerro. Te veo ahí a las seis en punto. Dicen que esa estatua tiene guardado su espíritu... ya verás que se siente raro cuando te acercas a ella. Es el mejor lugar para hacer pactos.

El pacto

CUANDO DORO la vio llegar por el rumbo de la escuela, doña Alicia llevaba un recipiente pequeño. Vestía de negro y cubría su cara, como una señora que va a visitar a su difunto marido al panteón.

Si no fuera porque Doro conocía el andar ladeado de su amiga, como si estuviera a punto de caerse, no la hubiera reconocido.

Se saludaron de mano sin decir nada y se acercaron a tocar la estatua. Doroteo Rosas Parra sintió que la carne se le ponía de gallina de puro miedo, pero se aguantó. Alicia se recargó en el Pancho Villa de piedra y permaneció así mientras hablaba.

—Tengo en mi poder el diario de Pancho Villa. La libreta en donde anotaba todas sus aventuras. Se lo dictaba a uno de sus amigos más cercanos, porque el general Villa no era muy bueno para la pluma. Todas las noches, a la orilla de la fogata, le dictaba aunque fuera una línea. Era un poeta. ¡Bien lo hubiera querido como esposo! Lástima que ya esté bien muerto, y sin cabeza. ¡Pobrecito mi Pancho! ¡Que en paz descanse!

Se persignó, se quedó en silencio mirando la estatua, y siguió hablando:

—Bien. ¿Qué te parece?, ¿quieres leer el diario de mi general? Como te dije en la mañana, son cosas que ya quisieran leer muchos de los farsantes que han escrito puras mentiras sobre él. Pero yo he evitado que caiga en las manos de ese tipo de gente, y espero que tú me ayudes a mantener a salvo las memorias de tu tocayo.

Doroteo no dijo nada. No entendía muy bien la importancia de un diario, y menos si era de una persona que ya estaba muerta.

—Mi mamá —continuó emocionada doña Alicia—, que ya está en el cielo, se encontró hace muchos años la libreta a la orilla del río que pasa cerca de donde vives.

Doro supo inmediatamente dónde, pues en ese río nadaba todos los fines de semana. Bueno, cuando la corriente estaba crecida, pues muchas veces el río estaba más seco que una serpiente disecada.

—Ahora que sabes el secreto voy a enseñarte el diario. O mejor dicho, voy a transcribirte y rescribirte partes de éste, quitando algunas cosas; porque el general Villa era muy mal hablado, y toda la libreta está llena de palabrotas. Así, en mi trascripción podré quitarlas y hacer que entiendas mejor todo que está escrito en el original. Ya verás que te va a gustar mucho. A él también le gustaba fotografiarse. Sus amigos hasta pensaban que un día se iba a enfermar por tantas fotos que se tomaba. Pero él nunca creyó en esos cuentos. Decía que nadie se enferma por esas cosas.

Alicia se quedó en silencio viendo la estatua, y luego abrió el recipiente que llevaba. Era arroz con leche, según ella, el postre preferido del general. Y para cerrar el pacto de no contarle a nadie el secreto, niño y señora comieron frente a la estatua, dejándole a Villa su ración en un vaso desechable. Seguramente su espíritu saldría a relamerse los bigotes con semejante postre.

Se despidieron para irse a sus casas: Doro, a soportar el regaño y castigo de su mamá por llegar cuando el sol ya se había metido; Alicia, a transcribir el primer fragmento que le daría a su amigo al siguiente día.

Donde Pancho Villa se presenta

*Mi nombre es Doroteo Arango Arámbula. Desde muy peque-
ño me decían de muchas formas, menos por mi nombre. Así fui
acostumbrándome a tener un nombre diferente cada día, hasta
que crecí y decidí que la gente me llamara Pancho Villa. ¿De
dónde tomé el nombre?, nunca lo voy a decir. A veces les cuento
a mis amigos que se lo robé a un muerto, o que así se llamaba
un padrino mío.*

*De dónde lo saqué no importa. Ahora es mío. Y quien me lo
quiera quitar, pues que se atreva a plantarse frente a mí y decír-
melo. ¡Faltaba más! Este nombre me va a hacer famoso. Por ese
nombre los chamacos dirán: "Cuando sea grande quiero ser como
Pancho Villa, dejarme crecer el bigote y montar mi caballo".*

*Los niños me quieren retebarto. Me siguen a todos lados.
Hasta podría tener mi ejército de puros escuincles. Pero para
qué arriesgarlos. ¡Qué disfruten su niñez! Ya les tocará a ellos
hacer algo para cambiar el mundo.*

*Yo disfruté de mi infancia. Desde que era un taponcito an-
daba en el campo ayudando a recoger el rastrojo, a escardar los
surcos para el año siguiente, a levantar la siembra... de todo
hacía.*

*Cuando se metía el sol, regresábamos a nuestras casas todos
mugrosos y chamuscados. Algunas veces amontonados en las ca-
rretas, oliendo los sobacos de los demás, y otras veces, pues a pie,
así, lento, disfrutando del atardecer y del zumbar de los mosqui-
tos que nos picaban en los brazos y la cara. Aunque parezca que
lo cuento con tristeza, no es así. Fueron años felices los que pasé
en esos campos. Hice muchos amigos en Río Grande, mi pueblo.*

*Cuando en las tardes llegaba a la casa, mi mamá me tenía
una ollota de frijoles y a veces hasta preparaba una cazuela de
arroz con leche. Ella sabía que me gustaba mucho. Hubiera*

querido ser chino porque ellos comen harto arroz. Aunque andan diciendo por ahí que los chinos me caen mal. No es cierto. Son historias que se han inventado. Hasta dicen que éstos hicieron túneles en todos los pueblos para esconderse de mí. Siempre habrá un bocón a quien se le suelte la lengua y diga tarugadas.

Cada vez que escuchen algo así, pues vénganme a preguntar. Hay confianza. Claro, mientras sean gente de bien, yo platico con ustedes. A mí no me gustan esas personas abusonas que se aprovechan de los demás. Para ellos nunca estoy. Si permitiera eso de la gente, pues me seguiría llamando Doroteo Arango y seguiría trabajando la tierra, en vez de moverme de un lugar a otro, tratando de cambiar las cosas malas que suceden en el mundo.

Bueno, ya está bueno por este día. Mañana nos espera mucho trabajo.

5 de agosto de 1915

Yo también quiero ser Pancho Villa

DORO PENSÓ que él también quería ser como Pancho Villa cuando fuera grande: montar a caballo y andar de un lado a otro castigando a la gente que se portara mal, así como a él lo castigaba su mamá cuando hacía alguna travesura en la escuela o cuando le daba de trancazos a un niño nomás porque sí.

Igual que su tocayo, Doro necesitaba dormir para tener fuerzas al día siguiente. Después de apagar la luz, se acurrucó en las cobijas.

Esa noche soñó con una bola de caballos que andaban por todos lados trotando y relinchando. Lo raro es que todos hablaban y decían: "Yo soy el caballo de Pancho Villa, yo soy su caballo preferido... Yo soy el caballo de Pancho Villa, yo soy su caballo preferido... Yo soy el caballo..."

Todos querían ser el preferido del general. Toda la noche estuvieron peleándose los caballos en la cabeza de Doro, hasta que su mamá lo zarandeó porque ya era hora de ir a la escuela.

Todavía medio dormido se metió a bañar, relinchando y trotando como caballo. Su mamá no le hizo mucho caso, porque en otras ocasiones Doro había durado meses haciendo como pato cada vez que comía cereal, porque vio en un comercial de la televisión a un pato que hablaba.

Esa mañana, en lugar de cereal había avena, y en lugar de hacer como pato, siguió haciendo como caballo y empezó a decir:

—Yo soy el caballo despeinado de Pancho Villa. Yo soy el caballo chimuelo de Pancho Villa. Yo soy el caballo fotógrafo de Pancho Villa.

Su mamá nomás se rió y fue por un cepillo para aplacarle el cabello a su hijo, quien, ya bien peinadito, tomó la mochila y se fue corriendo a la escuela, contento por el secreto que guardaba junto con doña Alicia, pero triste por no podérselo decir a su mamá y a su mejor amigo Andrés, a quien le contaba todo desde que estaban en primero de primaria. Ahora que estaban en sexto seguían contándose hasta lo que desayunaban todas las mañanas y las veces que sus papás se peleaban. Bueno, Andrés era el único que tenía a sus dos papás. El de Doro había muerto antes de que éste naciera. Por eso su mamá no tenía con quién pelear.

Los misterios de Villa

DORO Y ALICIA cambiaron su punto de reunión. Ya no iban al parque a alimentar a las palomas. Ahora era la estatua el lugar en donde platicaban más a gusto; claro, casi siempre sobre su secreto.

—Hay muchos misterios sobre la muerte del general Villa. Por ejemplo, no se sabe dónde quedó su cabeza, y se piensa que su cuerpo no está donde muchos creen. Pero el misterio más grande y que asusta a todos los habitantes de aquí de Parral, es que su alma no logra descansar. Y como aquí es el lugar en donde se murió, en estas calles se aparece. Especialmente en el callejón donde lo asesinaron.

Doroteo Rosas, el tocayo del fantasma, se quedó paralizado y la piel se le puso chinita del susto.

—Pero son puros rumores. No hay que hacer mucho caso —dijo doña Alicia no muy convencida de que ésos fueran sólo chismes.

Otro escalofrío volvió a recorrer el pequeño cuerpo de Doro.

—Por si las dudas no debemos salir de noche. No vaya a ser la de malas. Dicen que se aparece más o menos por las once o doce, cuando los que andan en la calle regresan a sus casas y pasan por ahí.

Doña Alicia sacó un papel de entre su ropa y se lo dio a su amigo.

—Toma otro fragmento del diario de Villa. ¿Te gustó el primero que te di?

Doro solamente asintió con la cabeza, como si le hubieran comido la lengua los ratones.

—¡Qué bueno! El general era un tipazo. Le hubieras caído muy bien. Le gustaba mucho platicar con los chamacos de tu edad. Anda, toma. Me estuve parte de la noche transcribiéndolo. No creas que tenía muy bonita letra el amigo de Villa que le ayudaba a escribir. Hacía retefeos garabatos y batallé para entenderle.

Se despidieron a unas cuadras de la estatua y Doro salió corriendo como alma que lleva el diablo. Pues aunque todavía faltaban muchas horas para las once, no fuera a ser que al fantasma de Villa le diera por aparecerse más temprano.

Llegó a su casa con el corazón casi saliéndosele por la garganta, y su mamá lo vio tan chapeteado que le dio un agua de jamaica para que se tranquilizara.

—¿Qué te pasó, hijo? —le preguntó preocupada cuando vio que Doro ya estaba menos agitado.

—Nada, mamá. Jugué unas carreritas con Andrés para ver quién llegaba primero al parque, y le gané —apenas dijo eso, se metió a su cuarto a leer el diario. Estaba ansioso por saber más de su tocayo.

Su mamá ya lo conocía y por eso sabía que su hijo no siempre le contaba todo lo que hacía en la escuela o en la calle. Por eso no se preocupó de lo extraño que estaba comportándose.

Todos dicen que estoy loco

Desde que nací, o más bien, desde que me acuerdo, todos dicen que estoy bien loco: mi mamá me decía que estaba loco porque nunca quise ir a la escuela; luego me dijeron que estaba loco porque me salí de trabajar de peón en el campo para irme a otros lugares, a defender a la gente, y otros me decían que estaba loco porque me gustaba estar siempre solo.

La verdad sí estoy reloco, pero no por lo que dicen. Si por ellos fuera ya estaría en un manicomio, con una camisa de fuerza. Pero no. Así como tengo enemigos también tengo muchos amigos que nunca dejarían que me llevaran a ese lugar. Uno de esos amigos es el que me ayuda a llevar al corriente esta libreta de apuntes. Este compadre no se echa para atrás, siempre está al pendiente de mí. Ha estado conmigo desde que salí de la cárcel de Durango y me vine a la sierra de Chihuahua. ¡Ah, cómo extraño mi pueblo! Lo que más me puede es haber dejado a mi familia: a mi mamá y a mi hermana; a mi papá nunca lo conocí. Me hubiera gustado verlo por lo menos alguna vez. Mucha gente chismosa de Río Grande dice que tengo sus mismos ojos y sus cejas. ¡Sabrá Dios! A estas alturas mi papá ya debe de estar muy viejito, igual que mi mamá, y los ojos ya no se le han de notar de tantas arrugas. Ya ni compararlos con los míos podría. No me queda más que imaginarlo cada vez que me miro en el espejo.

15 de noviembre de 1915

Doro sentía lo mismo que su tocayo. Le hubiera gustado conocer a su papá para ver en qué se parecían. Sólo lo conocía en fotos, pero no era lo mismo verlo en un papel que en carne y hueso.

Arroz con leche

Era sábado.

Apenas se levantó, Doro le dijo a su mamá que tenía ganas de comer arroz con leche. Ésta le propuso que se lo preparaba, siempre y cuando arreglara su habitación y limpiara el arenero de Chantal, su gata.

Lo hizo y a mediodía ya tenía un platote de arroz frente a él. Su mamá lo trataba como rey, no podía quejarse.

—Quiero llevarle un poquito a Andrés y comerme con él mi parte —mintió Doro.

La mamá le sirvió el arroz en dos vasos desechables y Doro salió contento rumbo a la estatua de Villa, en donde puso uno de los vasos junto con una cucharita, mientras él se comía su parte, contento de compartir el postre con su nuevo amigo. El que le habían puesto la vez anterior ya no estaba. ¿Se lo había comido la estatua viviente y había tirado el traste? ¿Alguien había ido a visitar al Villa de piedra? Era difícil saberlo.

Esperando a que Pancho Villa se comiera su postre, ahí estuvo casi toda la tarde mientras veía el pueblo desde el pie de la estatua.

Ese día no vio a doña Alicia. En vez de eso, fue a la casa de Andrés a proponerle algo muy importante. Claro, sin contarle el secreto que compartía con su amiga.

—¿Tienes una casa de campaña? —le preguntó a Andrés apenas lo vio.

—Sí, ¿por qué tan apurado? Por lo menos salúdame.

—¡Qué bueno!… Pensé que íbamos a dormir al aire libre. ¡Y hace mucho frío!

—Estás loco. ¿En dónde piensas dormir?

—Vamos a dormir en la calle —contestó muy contento y convencido Doro.

—No. Yo no voy a ningún lado… Mi cama está bien calientita y no la cambio por nada del mundo.

Entonces Doro tuvo que contarle toda la historia del alma en pena de Pancho Villa, para convencerlo de que fueran a buscarlo por las calles de Parral.

—La verdad yo sí soy muy miedoso, Doro. A veces hasta mi propia sombra me asusta, salgo corriendo, y siento que me persigue.

—Villa es bien buena gente. Su fantasma ha de ser igual. Ándale, vamos, no seas rajón, anímate.

La noche en la casa de campaña

PARA PODER SALIR de sus casas sin que nadie se diera cuenta, tuvieron que planearlo muy bien. Doro pasaría por Andrés apenas oscureciera y se encargaría de sacar por la ventana la casa de campaña. Luego de ponerla en el suelo, Doro ayudaría a su amigo a brincar, y a partir de ahí cargarían juntos la casa donde pensaban pasar la noche. Todo lo hicieron sin hacer ruido. Estaban seguros que todos los del barrio seguían durmiendo, pues hasta los perros estaban roncando a pata tendida.

Caminaron en silencio por la calle Porfirio Díaz hasta la privada de La Ventanita. Ahí doblaron a la izquierda y se encontraron con el callejón Gabino Barreda, la calle en donde asesinaron a Francisco Villa. Estaba a unos metros de la estatua donde se reunían Alicia y Doro a platicar o a comer postre.

Algo extraño había en esa calle, pues apenas entraron a ella a los dos les recorrió la piel un aire muy frío, como si los tocara un muerto. Empezaron a tiritar y aunque los dos lo negaron, tuvieron ganas de salir corriendo, o desaparecer de ahí y aparecer en otro lado, muy lejos.

Andrés vio su reloj fluorescente. Eran las diez y media. Faltaba media hora para que el fantasma de Pancho Villa se apareciera por ahí, según lo que había dicho doña Alicia.

—Hay que ir montando la casa —propuso Andrés mientras con los ojos saltones como sapo veía para todos lados. No fuera a acercarse alguien sin que se dieran cuenta.

Se pusieron a sacar la casita de su morral verde, para luego juntar todas las varillas en el piso y, como si de un rompecabezas se tratara, ensamblar las piezas. Todo esto lo hacían con mucho cuidado para no despertar a los vecinos. Tardaron quince minutos en armarla y ponerla en un rincón de la calle en donde no pegara el viento. Querían ver el fantasma del general, pero no a cambio de una pulmonía.

Apenas se metieron en la casita, los dos empezaron a espiar por la puerta, cuidando que nadie más los viera.

Conforme iba pasando el tiempo, la fuerza del viento aumentaba y los movía como si algo, o alguien, los quisiera levantar y aventar muy lejos.

El miedo que tenían se convirtió en terror cuando unos ruidos extraños empezaron a escucharse afuera y alguien arrastraba los pies al caminar.

—A lo mejor es El Guitarra —dijo Doro, tratando de convencer a su amigo de que el que caminaba ahí afuera era el loco del pueblo, a quien le decían El Guitarra porque siempre que andaba borracho tocaba una guitarra imaginaria. Era mudo, y cuando andaba sobrio, si alguien le gritaba con todas sus fuerzas "¡guitarra!", se ponía a tocar un instrumento invisible.

—Pero El Guitarra siempre anda descalzo —le contestó Andrés—. No puede ser él.

Y tenía razón. El loco del pueblo ni siquiera para zapatos tenía dinero, porque toda la ayuda que las personas le daban y lo que ganaba con algunas chambitas, se lo gastaba en la cantina. No podía ser él.

Los pasos se acercaban a los dos visitantes del callejón. El viento aumentaba y la casita empezó a moverse cada vez más fuerte, como si alguien la estrujara. Andrés se armó de valor, se asomó por la ventana y vio unos zapatos justo enfrente de él. Unos zapatos relucientes y grandes que dejaron de moverse. Sin duda quien los calzaba estaba esperando a que los dos amigos salieran. O quizá los hubiera tomado de las greñas para sacarlos de la casita, si no fuera porque de repente se escucharon otros ruidos que hicieron que el de los zapatos saliera corriendo hacia otro lado.

El ruido del motor de un automóvil, el sonido sordo de los cascos de unos caballos y el pisar de muchas personas que corrían de un lado a otro, empezó a poblar el callejón. Como si fuera de día y la gente fuera al mercado o a alguna corrida de toros.

A Doro y Andrés no les quedó de otra más que abrazarse y empezar a temblar de puro miedo. Nada podían hacer, porque ni siquiera las piernas les respondían.

El barullo siguió aumentando y Andrés dejó de abrazar a su amigo para taparse los oídos mientras repetía una y otra vez en voz alta: "Estoy soñando. Estoy en mi cama y esto no es cierto. Estoy en mi quinto sueño. Que alguien me pellizque."

No hizo falta que nadie lo pellizcara, porque con los balazos que se oyeron, cualquier dormido se hubiera despertado. Hasta los muertos del cementerio se hubieran retorcido en sus tumbas, si la mayoría de los muertos de Parral no estuvieran sordos, pues la mayoría murieron viejos.

Después de los balazos, se escuchó el llanto de señoras que gritaban: "¡No! ¡Mi general, no! ¡Por favor! ¡No!"

Se volvió a escuchar una ráfaga de disparos y siguieron los llantos. Pero poco a poco todo el ruido se fue extinguiendo, y el temblor de los dos amigos fue pasando. Dejaron de transpirar sudor frío, el corazón les volvió de la garganta al pecho y por fin pudieron hablar.

—Pensé que iba a ser más fácil —dijo Doro con un hilito de voz.

—Yo ya no vuelvo aunque me den un millón de dólares.

—Ándale Andrés. Ya empezamos. Ahora vamos a seguir averiguando —apenas dijo esto, salió de la casita todavía con mucha desconfianza y con las piernas dormidas. Andrés tardó un rato en animarse a alcanzarlo.

Todo estaba en completo silencio, como si nada hubiera pasado. La luna llena iluminaba parte del callejón proyectando sombras en las paredes de las casas. Pero los dos amigos no tenían miedo de esas sombras, sino de lo que acaban de escuchar.

Sin pensarlo se pusieron a desmontar la casa de campaña, pero al estar quitándole las varillas se dieron cuenta que toda

la tela estaba agujerada: había recibido muchos balazos. ¡Caramba! A un pelo estuvieron de recibir uno adentro de la casita. Eso les dio más miedo, y dejándola ahí sin desarmar, se fueron a sus casas corriendo, sin tomar aire, sin detenerse. Ya era muy noche y los perros empezaban a despertarse, aullándole a todo lo que se moviera.

Doro se despidió de Andrés y se fue a fingir que tenía horas dormido en la tranquilidad de su cama. Nadie sospecharía que esa noche había descubierto lo que era el terror. Tanto que todavía le temblaban las rodillas.

Los perros seguían ladrando allá afuera. Nadie sabía a quién.

¿De quién es esta casita?

TODAS LAS PERSONAS de Parral se preguntaban de quién era esa casa de campaña que estaba abandonada en el callejón Gabino Barreda, junto al lugar en donde asesinaron a Pancho Villa.

Muchos se acercaron a fisgonear y vieron que estaba toda agujerada, como coladera. Apenas pasó el camión de la basura, la recogió, pues no tenía caso tenerla ahí, si no sabían quién era el dueño.

La aparición de esa misteriosa casita, aumentó los rumores respecto a las cosas extrañas y terroríficas que pasaban en ese callejón.

Otros, más incrédulos, dijeron que era una broma de algunos chamacos que no tenían nada que hacer con su tiempo libre. Pero aún así quedaba la duda. En Parral los chamacos no acostumbraban hacer bromas de ese tipo.

Andrés ocultó a sus papás la pérdida de la casita de campaña, y se puso como meta ahorrar para comprar una nueva y reponer la que se llevó el camión de la basura. Doro prometió que le ayudaría a juntar el dinero, pues él lo había metido en ese lío.

Ninguno de los dos se atrevía a hablar de lo sucedido en el callejón. Sólo platicaban de la forma como juntarían el dinero suficiente para reponer lo que habían dejado abandonado en éste.

Mientras tanto, Doro siguió viendo a doña Alicia por las tardes para que le diera parte de la transcripción del diario de

Pancho Villa. Cada vez que leía algo, se acordaba de la forma como las señoras lloraban en el callejón aquella noche. Suponía Doroteo Rosas que el llanto era por la muerte del general. Si tuviera una cámara podría regresar a ese callejón y tomar fotografías de lo que sucedía ahí. Seguramente alguien se las compraría a muy buen precio, y no necesitaría esperarse a crecer para ser famoso. "La única persona que fotografió la muerte del general Pancho Villa". Así dirían los periódicos, y saldría Doro sonriendo, pelando sus dientes de pura felicidad.

Ahora sólo faltaba conseguir una cámara y convencer a Andrés de que regresaran a ese callejón. Probablemente iba a ser difícil convencerlo, pero no imposible.

Lo que dicen

La mayoría de las personas dice puras sonseras cuando no tienen nada bueno qué platicar. Y como nosotros a veces estamos de oquis, los que me acompañan inventan cosas para divertirse. Y entre esas cosas que inventan me llevan entre las patas.

Ahora dicen que yo ando en la lucha armada nomás para que me fotografíen, que por eso siempre llevo conmigo a mi fotógrafo, que nomás me falta dormir con él.

Pues no voy a negar que me gusta mucho estar frente a las cámaras. Pero no es por eso que ando peleando. Son otras cosas las que me mueven, y estoy seguro que ellos lo saben, pero se hacen los tarugos. Ando en esto para que la gente tenga qué comer y vestir, para que puedan mandar a sus chamaquitos a la escuela y que los patrones no maltraten a las personas que les ayudan, tratándolos peor que animales.

Lo de las fotos se cuece aparte. Si por mí fuera, sería fotógrafo. Es increíble que una persona se quede ahí, quieta, por muchos años. Aunque se muera sigue viéndose en ese papel. Muchos dicen que eso es cosa del diablo. Pero qué cosa del diablo va a ser. Las cosas bonitas siempre son cosas de diositos, ¿o no?

Me tomo una fotografía diaria, y las comparo. Me doy cuenta que estoy cada día más viejo. Veo las fotos que me tomaron hace unos meses, y pues hasta más vivo me veía. Y con más pelo. Esto de andar de un lugar a otro cansa mucho. Pero ya habrá tiempo de echarnos al pie de un árbol, a dormir a pierna suelta. Apenas quitemos a los ricos un poco de dinero para que los pobres también coman, me acostaré en la sombra de un árbol a soñar puras cosas bonitas.

Tantas cosas han dicho los que andan conmigo que hasta el fotógrafo se las cree. Ayer me dijo que últimamente hay una enfermedad que da por tomarse tantas fotos; pero yo no le hago mucho caso. Más bien quiere seguir cobrando sin trabajar y quiere asustarme con esas cosas que ni un niño se traga.

También se rumora que entre más fotografías se toma uno, menos alma tiene. Pues mientras son peras o son manzanas, yo sigo con mi fotografía diaria. Por cierto, me falta la de este día. Me la voy a tomar con mi caballo, Grano de Oro, el animal con el que quiero que me entierren. A él también le gusta harto que le tomen fotos. Y que yo sepa, los caballos no tienen alma. Él no tiene nada que perder. Por eso lo veo tan tranquilo y sonriente en todas las que le toman.

2 de diciembre de 1915

El trabajo de Doro

Doña Alicia cada día platicaba menos con Doroteo Rosas. Sólo le daba el fragmento del diario y se iba por donde venía, diciendo que tenía mucho trabajo en su casa o que debía visitar a alguien de otro pueblo.

Pero esa tarde, junto a la estatua de Pancho Villa, se detuvo pensativa durante un largo rato, y mirando a su amigo con detenimiento le dijo:

—Te tengo un trabajo, mijo, para que por fin puedas comprar tu cámara. Por lo pronto puedes usar la mía —sacó de entre su ropa un bulto y se lo entregó—. Trátala con mucho cuidado.

—¿Qué trabajo?, ¿de qué se trata? —dijo emocionado Doro desenvolviendo el bulto.

—En unos días te digo. Por lo pronto muévele a esa cámara para que le vayas aprendiendo y cuando tengas la tuya sepas cómo usarla. Está un poco maltratada, pero no hace mucho que la compré... Hoy te traje cinco fragmentos del diario de mi general, pues voy a estar muy ocupada por una semana. Cuando nos volvamos a ver, tú me vas a ayudar con mi trabajo. Y en menos de lo que pienses tendrás tu propia cámara. ¡Ya verás, Doroteo! Vas a andar hasta fotografiando el aire y todos sus alrededores. ¡Ya verás!

Doro no sabía exactamente a qué se dedicaba doña Alicia, pero suponía que a algo interesante. No quiso pensar mucho en eso y se puso a moverle a la cámara y buscar cosas para fotografiar. Era una cámara digital, y si no le gustaba la foto que había tomado, la podía borrar y listo, como si nunca hubiera existido.

Doña Alicia se despidió apenas le dio los fragmentos del diario.

Después de esconder los papeles y la envoltura de la cámara en la parte trasera de su pantalón, Doro se fue a la casa de Andrés a presumírsela y, de paso, a tratar de convencerlo de regresar dentro de tres días al callejón. Ahora sí, sin casas de campaña. Sólo se esconderían bien en alguna parte donde no pegara el viento, y *clic clic clic clic*... tomarían muchas fotos para hacerse famosos. Muchos disparos a todo lo que se moviera... muchos *clic* a todo lo que estuviera quieto.

Y así se lo dijo a su amigo apenas le abrió la puerta.

—Ya tengo la cámara con la que nos vamos a hacer famosos.

—Estás loco, Doro. Duré días con fiebre por el susto que me llevé esa noche.

—No seas rajón. Los fantasmas no nos pueden tocar. Son de puro aire, por eso se dedican nomás a asustar a la gente y no a estrujarla.

—Pero el aire también asusta. No me digas que a ti no te dio miedo.

—Bueno, sí, pero de todas formas quiero regresar, a ver qué pasa.

—Pues ya veremos. Deja lo pienso unos días, mientras se me pasa el susto —dijo Andrés haciéndose el interesante.

Tenían toda la semana para ir al callejón, pues había curso de maestros y no iban a tener clases. Por eso Andrés tenía mucho tiempo para pensarlo. Pero seguramente Doro no lo dejaría en paz todos esos días.

NO SÓLO PARA VER ESTÁN MIS OJOS

Debo confesar que lloro muy seguido. Así como me ven, fuerte, y que parece que no me entristece nada, todas las noches lloro por alguna razón. Algunas veces porque veo que no avanzamos en lo que defendemos. Siento que los ricos van a seguir abusando de los pobres toda la vida, pero aun así no nos podemos quedar con los brazos cruzados.

Otras veces lloro por los amigos que ya no están. A los que les han pegado un tiro mientras combatíamos contra algún ejército más grande que el nuestro, o los que se nos han olvidado en algún pueblo.

En este momento lloro de rabia, porque hemos perdido una batalla por culpa de unos ladrones que nos vendieron municiones malas. Hemos perdido amigos, compañeros, padres que no volverán a ver a sus hijos. Pero no hemos perdido la esperanza. Ha llegado la hora de ir a reclamarles a los de Estados Unidos su tomada de pelo. Somos poquitos, menos de seiscientos, pero la rabia es mucha y a veces eso cuenta más que miles de caballos. Atacaremos Columbus mañana mismo. Ahí encontraremos al culpable de tantas muertes, encontraremos a los que nos dieron gato por liebre.

8 de marzo de 1916

Doro se acomodó en su cama, pensando en las veces que había llorado. Es difícil llevar la cuenta. Le gustaba la idea de no ser el único chillón del mundo. Ya quería leer el otro pedazo del diario de su tocayo, pero tenía mucho sueño. Además su mamá no tardaba en asomarse para ver por qué tenía prendida la luz. Por eso mejor la apagó, pues iba a ser difícil contarle más mentiras y quería seguir guardando el secreto del diario del general Francisco Villa.

El extraño suceso

La mamá de Doro a veces compraba el periódico para leer las noticias de Parral y los alrededores. Esa mañana, en la primera página, venía algo que el futuro fotógrafo de la familia leyó con el corazón saliéndosele por la boca.

Encuentran otro cuerpo en el callejón Gabino Barreda

En el callejón donde hace más de ochenta y cinco años, una mañana asesinaron a Francisco Villa, esta madrugada apareció el cuerpo de un hombre con un balazo en el corazón. Con éste ya son quince los que se han encontrado misteriosamente en este lugar desde 1923.

La policía no ha podido dar con los responsables de ninguna de las muertes, y sigue circulando la leyenda de que los culpables de esos asesinatos son las almas en pena de los asesinos del general Pancho Villa. Por eso la gente evita pasar por ese callejón al anochecer.

Recordemos que todavía no se da con los dueños de la casita de campaña verde que se encontró hace unos días en ese mismo callejón. El misterio de la casita se suma a los asesinatos nocturnos que se han llevado a cabo en este sitio.

Doro dejó el periódico y dijo en voz baja "ojalá que el gallina de Andrés no vea esta noticia o menos va a querer ir conmigo". Se levantó y abrió la puerta de su casa.

—¿A dónde vas?

—A tirar pata, mamá.

Su mamá todavía no entendía qué cosa significaba eso de *tirar pata*, pero suponía que no era nada malo, pues Doro siempre lo decía sonriendo. La señora Hermila se quedó haciendo cuentas y hojeando un catálogo pues se dedicaba a vender zapatos. Por eso a Doro nunca le hacían falta. Aunque casi no los gastaba, pues prefería caminar de puntitas para que siguieran nuevecitos y así ahorrarle dinero a su mamá.

Apenas se sentó en la banca de un parque, Doro extrajo de la bolsa de su pantalón una de las hojas que le transcribía doña Alicia y empezó a leerla. Quería saber qué había pasado en Columbus con su tocayo.

ESTOY ESCONDIDO

Después de mucho tiempo sin hacerlo, sigo los apuntes de esta libreta. Ahora me toma el dictado otro amigo al que le decimos El Toro.

Han pasado muchas cosas desde la última vez que anoté algo aquí. Mi amigo, al que le dictaba todos los días, José López, murió en el ataque a Columbus, como muchos otros camaradas.

Yo estuve a punto de desangrarme por un balazo en la rodilla, pero logré llegar a una cueva desde donde veía pasar al ejército que me perseguía desde Estados Unidos.

Resulta que llegamos a Columbus y buscamos a la persona que nos había vendido las municiones, pero sólo encontramos a su hermano menor, y lo dejamos en paz; él no tenía la culpa de lo que nos había hecho su hermano. Cuando ya íbamos a regresar a México, el ejército, junto con todos los habitantes del pueblo, empezaron a dispararnos. Entonces nos prendimos y arrasamos con todo lo que encontramos a nuestro paso.

El lugar quedó en llamas y algunos de nuestros compañeros fueron hechos prisioneros. Nos separamos y yo me quedé con Joaquín y Bernabé. Luego ellos fueron a un pueblito por una enfermera para que me curara la herida. Ella me platicó que el lugar en donde estamos le dicen La Cueva del Coscomate. Pero no me ha dicho la razón. Es un sitio muy amplio, y los dos meses que he estado aquí han sido muy tranquilos. Lo único que me incomodaba era no saber en dónde estaba el resto de mi ejército. Pero ya por fin lo encontré. Aquí estamos para seguir dando batalla. Tampoco los que nos persiguen se dan por vencidos. Me buscan hasta por debajo de las piedras, o en cada grano de arena del desierto. Pero yo he estado arriba de las rocas, montado en Grano de Oro, viendo cómo pasan las caravanas, dirigidas por un tal general Pershing. No he tenido el gusto de conocerlo, pero ya llegará el momento.

15 de julio de 1916

En casa

Después de leer el fragmento del diario de Pancho Villa, Doroteo Rosas se fue a casa y se quedó ahí, acompañando a su mamá, ayudándole con las cuentas del catálogo de zapatos y tomándole fotos. Hermila sólo se reía y posaba para su hijo.

—No vayas a descomponer ese aparato y le salgas con cuentas mochas a la señora que te lo prestó —le decía a Doro, quien estaba muy contento porque ya sabía cómo tomar fotos a color, en blanco y negro, en sepia, y cómo hacerle para que salieran con más luz.

—Cuando sea un fotógrafo famoso me voy a cambiar de nombre —le decía a su mamá.

—¿Ah, sí? ¿Y cómo te vas a poner?

—Pancho Villa.

La mamá se doblaba de la risa y luego seguía posando para su hijo, haciendo gestos a la cámara mientras le adelantaba a las cuentas del catálogo. Así pasaron toda la tarde, riéndose, y apenas oscureció, Hermila sirvió el poco arroz con leche que quedaba. Doro aprovechó para rascar con la cuchara el cazo.

Mientras comía estuvo a punto de decirle a su mamá que ya iba a tener trabajo, pero prefirió contárselo hasta que supiera en qué consistiría y cuánto le iban a pagar. Por lo pronto era mejor ser discreto.

Esa noche tuvo una pesadilla en donde un grupo de lobos con colmillos muy largos y puntiagudos, lo atacaron y lo deja-

ron tirado, sangrando de los brazos y piernas. El lugar estaba muy oscuro, y por eso no alcanzó a ver por dónde se habían ido los animales. Sólo escuchaba sus aullidos y pisadas.

Luego, cuando iba a levantarse del suelo, llegó un hombre alto, gordo y moreno que lo tomó del cuello y mirándolo con desprecio le dijo: "Yo maté a Pancho Villa. ¿Qué vas a hacerme? Chamaco testarudo, ¿qué vas a hacerme? ¡A ver! ¡Dime!"

Después, el hombre lo soltó y, sin dejar de mirarlo, se alejó lentamente.

En eso, el futuro fotógrafo se despertó y vio que las cortinas de la ventana se movían, dejando que la luz de la luna entrara a su cuarto. Se veían sombras en los rincones. En una de esas sombras, Doro vio al hombre de la pesadilla y estuvo a punto de gritar. Se tapó con la cobija y esperó a que amaneciera. Aunque la noche era fría, todas esas horas el chamaco estuvo sudando.

Los perros ladraban de forma extraña, como si se creyeran lobos. Pero quizá eran alucinaciones de él, pues estaba muy asustado, con el corazón como un sapo queriéndosele salir del pecho. Un sapo que, seguramente, también tenía miedo.

Murió Grano de Oro

A veces quisiera tener la misma facilidad que tenía mi amigo Francisco I. Madero para comunicarse con los muertos, pues parece que ahora tengo más amigos en el cielo que en la tierra.

Esta mañana se murió Grano de Oro, supongo que de viejo. Desde hace días me miraba muy triste como si estuviera despidiéndose. Clavaba el hocico y la mirada en el suelo. Él siempre tuvo ojos vivarachos con los que me decía muchas cosas, pero en sus últimos días ya no me dijo nada.

No llegó ni a Navidad, que era cuando yo le daba harta pastura de regalo, para que se pusiera bien botijón el condenado. Se ponía como globo, con sus cachetes inflados.

Ahora está acompañando a José López y a Franciso I. Madero. Ojalá desde allá mi tocayo haga una sesión espiritista, para poder hablar con los tres, ellos con palabras, Grano de Oro con relinchos.

Ya vámonos Toro, a repartir el maíz y fríjol de los trenes, pues la gente ya se está arremolinando. Han de tener hambre.

Eso no lo escribas tarado, eso te lo estoy diciendo a ti...

21 de diciembre de 1916

Sueños repetidos

SE VIERON junto a las vías del tren para jugar a equilibrarse en los rieles y ver quién duraba más sin caerse. Andrés le platicó a Doro que había soñado con un hombre gordo, alto y moreno, que lo tomó del cuello y le dijo...

¡Era exactamente el mismo sueño que tuvo Doro! Con las mismas palabras, los mismos lobos con colmillos. Todo igualito. Nunca se hubieran imaginado que dos personas podían soñar lo mismo y en la misma noche.

Pero aun así, aunque en sueños habían visto lo mismo, ninguno de los dos conocía al hombre que les acercó la carota echándoles el aliento agrio y maloliente mientras los insultaba.

—Tengo una sospecha —dijo Andrés después de mucho pensarlo—. En la última parte del sueño vi los zapatos del señor gordo y eran iguales a los que miré en la puerta de la casa de campaña. Ha de ser un fantasma que se salió del callejón y nos persigue.

—Estás reloco, Andrés. Los fantasmas no andan en los sueños correteándolo a uno —contestó Doro riéndose por las ocurrencias de su amigo—. Los fantasmas tienen cosas más importantes que hacer.

—Pues no sé, pero se parecían... en serio, Doro. Aunque no me creas.

—¿Y si vamos hoy a averiguarlo?

—No. Hoy no puedo... Mejor mañana. Mi mamá quiere

que le ayude con algunas cosas en la casa —dijo muy seguro Andrés—. Mañana lo planeamos bien y ya veremos al señor de los zapatos, para que no me taches de mentiroso. ¡Ya verás! Al fin que ya se me pasó un poquito el susto de la otra noche.

Siguieron jugando en los rieles hasta llegar al lugar en donde los trenes de carga dejan parte de la mercancía. Se treparon por la estructura de madera y ahí jugaron a que eran ferrocarrileros encargados de llevar de un lugar a otro a sus novias; que aunque no tenían, se las inventaban, poniéndoles nombres raros, y a veces hasta feos.

De vez en cuando Doro sacaba su cámara para tomarle fotografías a su amigo y a los vagones del tren. Prefería las fotos a blanco y negro porque, según él, se veían más interesantes y misteriosas.

Cuando empezó a oscurecer corrieron por las vías hasta cerca del panteón y doblaron a unas cuadras antes de llegar al callejón Gabino Barreda. Andrés se quedó en su casa mientras Doroteo Rosas se fue caminando lentamente a la suya, pero no entró. Se sentó en el pórtico y sacó otro fragmento del diario que le había dado doña Alicia. ¿Dónde estaría la señora misteriosa? Aunque no lo quería aceptar, Doro la extrañaba. Hasta le dieron ganas de ir a alimentar a las palomas con ella. "Cuando regrese le voy a proponer que vayamos al parque a inventarle vidas y nombres a las pájaros", pensó, mientras desarrugaba el papel para empezar a leer más sobre su tocayo.

Una cuadrilla de fantasmas

Sólo de vez en cuando dicto algo para esta libreta. Me da pena molestar a mis amigos con estas cosas. Pero a veces es necesario dejar asentado lo que sucede, aunque aquí todo es aburrimiento. Ya todos se han ido por diferentes rumbos. Sólo llegan los fantasmas de los que se murieron en las batallas, vuelven apenas oscurece. Algunos vienen a reclamarme, otros a darme las gracias. Por eso en estos últimos días no he podido dormir. Pero sigo con la costumbre de acostarme en tres partes diferentes cada noche para que mis enemigos, los vivos, los que me quieren matar, no sepan en dónde estoy. Aunque ahora ni falta me hace, pues la mayoría de mis enemigos también ya están en el otro mundo. Pero me acostumbré a ser perseguido y por eso sigo escondiéndome.

Los que me encuentran, en donde quiera que me esconda, son esos molestos espíritus que se cuelan hasta mi habitación.

También en el día, cuando salgo al campo a regar la siembra, hay unos que me siguen. Entre ellos he logrado distinguir a mi amigo Francisco I. Madero. Apenas volteo, desaparece; pero estoy seguro que es él. Su bigote largo que apunta al cielo, su barba tupida y su poca cabellera son inconfundibles.

Entre esos fantasmas también está mi caballo Grano de Oro, caminando para atrás el condenado, como yo le enseñé para despistar a los que nos perseguían. Eso quiere decir que en el más allá sigue recordándome. A lo mejor hasta espera mi muerte para que lo acompañe en su vagar como alma en pena, cabalgando los dos por la tierra de los muertos.

Pero no. No me gustaría ser un fantasma. Aunque sé que voy a dejar muchas cosas pendientes en este mundo, y ni siquiera muerto voy a poder estar en paz. La gente que me tiene tirria no me va a dejar ir.

*Sólo pido que cuando me muera no me entierren en Duran-
go. Quiero estar en Chihuahua, ahí donde están los cuerpos de
los revolucionarios. Quizá, así muertos, podamos seguir luchan-
do contra las injusticias y logremos convencer a los vivos para
que dejen de ser tan malos con los pobres campesinos. ¡Vamos a
formar una cuadrilla de fantasmas!*

*Por lo pronto, los muertos siguen regresando para visitarme,
me saludan desde lejos para luego desaparecer. ¿Qué querrán?
¿Por qué no hablan?*

4 de noviembre de 1922

Otra pesadilla

DORO TUVO OTRA VEZ pesadillas y se movió toda la noche en la cama.

Esta vez no soñó con lobos y hombres repugnantes. En su sueño estaba su papá. Los dos se abrazaban llorando mientras Hermila los veía desde lejos.

"Ya me voy con los amigos de Pancho Villa, hijo, me puedes encontrar con ellos", le dijo a Doro y los dos se separaron mientras seguían llorando, gimoteando. En el sueño a Doro se le nubló la vista de tantas lágrimas y ya no pudo ver a su papá alejarse.

En eso, el futuro fotógrafo despertó y fue por un vaso de agua, sintiendo como si todavía estuviera en el sueño y fuera a encontrarse con su papá en la cocina. Pero en lugar de su papá, estaba su mamá haciendo cuentas en una libreta y casi mató de un susto a su hijo.

—Estás muy pálido, pareces muerto.

—No esperaba verte aquí —contestó Doro tartamudeando. Luego se sirvió el agua, se la tomó de un solo golpe y regresó a la cama con el vaso vacío. Hermila se quedó viendo a su hijo, pensando que era sonámbulo o se estaba volviendo loco de tanto estudiar.

Cuando Doro logró dormirse, en el nuevo sueño abrazaba a un señor que no era su papá. No le veía la cara porque la tenía tapada con un sombrero desgastado y cochambroso. El hombre le dijo: "Así que a ti también te gusta la fotografía." Doro supuso que abrazaba a su tocayo Doroteo Arango Arámbula, y emocionado, le respondió: "Sí, me gusta mucho. Mañana voy a ir junto con Andrés a tomarte unas fotos. Espero que no te moleste." Entonces, el hombre dejó de abrazarlo y con voz suave le dijo: "Por mí no hay problema. Ya estoy muerto." En ese momento, el futuro fotógrafo se dio cuenta que aquel hombre, en lugar de cara, tenía un agujero negro. Se despertó muy asustado, con la respiración agitada, y poco le faltó para gritar.

El de los zapatos

LLEGARON AL CALLEJÓN justo antes de las once de la noche, pues los papás de Andrés no se dormían y el amigo de Doro no podía arriesgarse a que lo descubrieran y lo regresaran de las greñas.

En el callejón Gabino Barreda todo estaba en calma. Corría el mismo aire frío que en el resto del pueblo. Afortunadamente habían llevado una frazada para cada uno. Doro sacó su cámara y la alistó para empezar a disparar en cuanto empezaran a suceder cosas extrañas. Se ocultaron junto a un árbol que estaba frente a una casa abandonada, cuyo balcón tenía una placa que decía: "Aquí, en este lugar, fue asesinado a traición el general Francisco Villa."

La pared de la casa era blanca y hacía que la luz de los faroles se proyectara sobre ella, iluminando así el resto de la calle, pues esa noche no había ni siquiera un poquito de luna. Andrés veía el reloj impaciente, quizá esperando la hora de volver a casa, a la comodidad y seguridad de su camita. Tenía hartas ganas de estar arrebujado en las cobijas.

—Son las once con cinco. Parece que hoy se quedaron dormidos los fantasmas —dijo con una sonrisa nerviosa, sin dejar de voltear para todos lados, deseando tener ojos en la espalda, pues el lugar era muy tenebroso.

Cualquier ruido hacía que los dos temblaran de miedo y estuvieran atentos, a punto de correr.

"Hubiera sido bueno invitar a los más grandulones de la escuela para que nos defendieran. Si nos lleváramos bien con ellos estarían aquí", pensaba Doro mientras temblaba. No sabía si de frío o de miedo; o por las dos cosas.

Los dos seguían atentos, recargados en el árbol junto al balcón, esperando a que algo sucediera. Desafortunadamente no tuvieron que esperar mucho.

De repente, Doro sintió algo frío que caminaba por su mano, algo blando que lo paralizó de miedo. No se atrevía a voltear, podían ser muchas cosas: la cabeza de una víbora, una lagartija, una araña, un pájaro, un ciempiés, un gusano de fuego... no quería moverse por miedo a que ese animal lo picara.

—Prende la lámpara, tengo algo en la mano —le dijo susurrando a Andrés, como si la cosa que estaba tocándolo lo fuera a escuchar. Andrés iluminó con la lámpara el árbol y vio que una rama estaba cubriendo la mano de su amigo.

—Es una rama, ¡miedoso! —se burló señalándole con la lámpara el lugar donde estaba la parte del árbol que había asustado a Doro. Apenas éste iba a suspirar de alivio, cuando la rama se movió y comenzó a crecer rápidamente por todo su brazo. Sin darle tiempo de nada, lo atrapó sujetándolo al árbol. Doro quiso gritar, pero sólo le salió un hilillo de voz. Andrés, al ver que su amigo estaba amarrado, lo jaló con fuerza, pero nada consiguió, ya que la rama era muy resistente. Volteó para todos lados tratando de pensar en algo con qué pegarle a la rama para que dejara a su amigo. No encontraba nada que le sirviera. Pensó en ir a pedir ayuda. Sin embargo, no hubo necesidad, pues el árbol repentinamente cedió, dejando a Doro libre. Éste cayó al suelo con todo y cámara. Cuando los dos visitantes estaban a punto de salir corriendo, en el lugar empezó una rápida transformación que los dejó petrificados de espanto.

El árbol donde hacía unos segundos estaban recargados, comenzó a llenarse de enredaderas y a envejecer. Los faroles eléctricos desaparecieron y en su lugar brotaron unos candiles de petróleo colgados de las bardas de las casas, las cuales en su mayoría eran de adobe. El asfalto se tornó más claro y poco a poco se convirtió en un camino de piedra lisa por el que caminaba un niño con sombrero de paja, tomando de la mano a su mamá: una señora con un rebozo de colores fuertes.

De repente todo parecía un desfile. Pasaban señores a caballo y algunos niños llevaban carretillas llenas de pan o fruta. Un hombre con zapatos lustrados fumaba cerca de donde Doro y Andrés habían puesto hacía unas noches su casa de campaña. ¡Ése era el señor que vieron! ¡Esos eran los zapatos!

Doro se quedó pálido como una hoja de papel al ver el rostro del señor. El de los zapatos se alejó de prisa antes que el futuro fotógrafo le pudiera decir algo.

—Ése era mi papá —le dijo a Andrés con tristeza, cuando se recuperó de la impresión.

—¿Cómo sabes, Doro? Si no lo conociste.

—Mi mamá tiene fotos de él en la sala. ¿A poco no las has visto? Es igualito.

Andrés se quedó pensando qué decirle, y apenas iba a abrir la boca para consolar a su amigo, cuando vieron que a unos metros de ellos, un balcón empezó a hacerse más viejo y largo. Después, todo se iluminó como si fuera de día.

De unos balcones que habían crecido en las casas de adobe, salieron doce hombres con pistolas, apuntando hacia un coche antiguo que estaba dando vuelta en la esquina, brincando entre las piedras que tapizaban el callejón. Conforme el coche se acercaba, los hombres se ponían más nerviosos, sin dejar de apuntar con sus armas de cañón largo.

El coche empezó a cruzar con lentitud el puente de un arroyo sin mucha agua. Era una noche muy oscura. Se veían las nubes negras que cerraban el cielo atrás del coche. Cuando éste estaba a unos metros, los hombres, desde los balcones, dispararon toda su carga contra los ocupantes, haciendo que el auto chocara contra el árbol de las enredaderas. Los hombres siguieron disparando hasta que dejaron como coladera la carrocería. El sonido era ensordecedor. Entre los disparos se escuchó el ladrar quejumbroso de los perros.

Todos los que estaban en la calle salieron corriendo víctimas del pánico… luego hubo un largo silencio. Del coche salía humo. Todo el ambiente se impregnó de olor a pólvora. En ese justo momento se abrieron las puertas del coche. De éste bajó un hombre con el brazo ensangrentado y se perdió entre las calles, huyendo.

Todo era desolación. Sólo un sacerdote y una señora se acercaron a ver los cuerpos. Asustado, Doro reconoció el cuerpo inerte de Pancho Villa, pues era igualito al de piedra. Parecían gemelos.

—¡Está muerto, padre! ¡Mi general está muerto! —dijo la señora llorando, abrazándose al sacerdote; el cual se acercó a cerrarle los ojos a Villa. El cuerpo del general estaba lleno de sangre, a un lado estaba otro hombre muerto que ni Andrés y Doro reconocieron. Cuando los dos amigos voltearon hacia los balcones, los hombres que habían disparado ya no estaban.

—¡Vamos por ellos! —dijo Andrés desesperado y salió corriendo para meterse a una de las casas, pero en eso alguien lo jaló del brazo. Era una señora vestida de negro, flaca, de piel blanca y muy greñuda. Cuando Doro volteó a verla se asustó y se puso otra vez muy pálido y tembloroso.

—¿Usted también es un fantasma? —le preguntó titubeando.

—¡Ay Doro! No digas testarudeces —le contestó nerviosa doña Alicia—. Vengan, tenemos que salir rápido de aquí.

El futuro fotógrafo recogió su cámara del suelo y empezó a tomar muchas fotos, pensando que con ellas sería noticia en todos los periódicos del mundo. Le tomó a la mujer llorando, a Villa, al coche, a los balcones, tratando de que nada se le escapara.

Cuando los tres dieron media vuelta para salir de ahí, con el corazón brincándoles, se dieron cuenta que el cuerpo de un hombre vestido de forma diferente a los demás se encontraba tirado en la acera. Los dos comprendieron que no era una persona de la época de Pancho Villa y se acercaron a verla con detenimiento.

—¡Es El Guitarra! —gritó doña Alicia—. Pobrecito. Todas las noches se venía a este callejón a dormir.

El loco al que le decían El Guitarra tenía un balazo en el pecho que le sangraba a borbotones. Trataba de decir algo antes

de cerrar los ojos por última vez, pero no pudo. La muerte se lo llevó antes.

Los tres vieron el cadáver con tristeza y se apresuraron a alejarse de ese callejón donde poco a poco todo volvía a la normalidad. Desapareció el coche de Pancho Villa con sus tripulantes a bordo, las enredaderas, el camino de piedra, los balcones, el sacerdote y la mujer que lloraba la muerte del general. Sólo el cuerpo de El Guitarra quedó tendido en la soledad del callejón. El olor a pólvora se esfumó rápidamente. Los aullidos de los perros también cesaron y todo quedó en completo silencio.

Los tres amigos dieron vuelta en un callejón que llevaba directo al cerro. Andrés y Doro todavía no querían regresar a casa. Primero tenían que tranquilizarse.

Un extraño lugar

—AQUÍ VIVO —dijo doña Alicia al abrir la puerta de madera que llevaba a un patio lleno de plantas, patos y gallinas—. La casa está en el fondo.

Caminaron por entre los animales dormidos y las hierbas que se les enredaban en los pies. A los dos visitantes les daba la impresión que de un momento a otro saldría de ahí un animal venenoso, pero se aguantaron el miedo y siguieron caminando. Apenas llegaron a la casa, dieron un pequeño suspiro de alivio que doña Alicia escuchó, pero prefirió no darle importancia. Era natural que a algunas personas su casa les pareciera tétrica y no quisieran entrar.

Ya adentro, Andrés y Doro se dieron cuenta que no era muy diferente al patio, pues en su interior había macetas con plantas muy extrañas, y de las paredes colgaban jaulas con pájaros de colores, los cuales se alborotaban con los maullidos persistentes de los gatos. "Esto parece un zoológico", pensó Doro. Y no estaba muy lejos de serlo, pues en eso salieron dos pequeños perros entre la cama destendida y vieja.

La casa de doña Alicia era sólo un cuarto pequeño. Al entrar había una mesa, al fondo una cama y al lado un pequeño buró. Los tres se sentaron en la cama, callados. Luego de un rato, doña Alicia miró directamente a los ojos de Doro:

—¿Tu amigo sabe nuestro secreto? —le preguntó.

—No. No se lo he dicho —contestó el tocayo de Villa, viendo de reojo a Andrés, el cual no entendía de qué estaban hablando Doro y la señora misteriosa.

—Mejor. Así corre menos peligro —dijo doña Alicia en tono serio e hizo una pequeña pausa—. Ahora, cuéntenme qué hacían ahí.

Los dos, emocionados, le relataron con cada detalle lo que les pasó la primera noche que llevaron la casa de campaña. Doro le dijo que el señor de los zapatos resultó ser su papá y que quería regresar a la siguiente noche para hablar con él. Su amiga hizo como que no escuchó esto último.

—Pues eso mismo que vieron hoy, pasa todas las noches —les dijo con seriedad—. Sólo que a veces se agregan otras personas, como hoy se unió El Guitarra.

Como vio que los dos no entendían, se puso cómoda para empezar el relato:

—Pues resulta que aquí en Parral hay una...

—¿No tiene tantita agua? —la interrumpió Andrés—. Perdón, es que siempre que me asusto me da mucha sed —se disculpó al ver que doña Alicia se había molestado por la interrupción.

La anfitriona se levantó con el ceño fruncido y les sirvió dos vasos de agua de sabor. Nunca supieron los amigos de qué sabor era, pero estaba muy rica. Mientras se la bebían, doña Alicia empezó de nuevo su relato:

—Aquí, en Hidalgo del Parral, Chihuahua, hay una leyenda relacionada con el general Pancho Villa, que se cuenta a todos los que visitan este pueblo. A mí me lo contó un señor de ciento diez años que se sabe muchas historias y leyendas de México, pero una de sus preferidas es ésta, y desde entonces me he dedicado a investigar y ver si lo que se dice es cierto, ése es mi trabajo —doña Alicia hizo una pausa y continuó—. Este señor me contó que en las noches, ya cuando las calles del pueblo están solas, en el callejón donde murió Villa, cada día se ve su automóvil cruzar el puente de madera y dirigirse a su trágico destino. Luego se ve a la gente gritando y saliendo despavorida, huyendo de las balas, como si estuviera otra vez sucediendo la tragedia de su asesinato. Como ustedes lo vieron hoy. En la noche, ya nadie pasa por esos callejones empedrados. Prefieren tomar otro camino, o si de plano tienen que pasar, lo hacen corriendo, como almas que lleva el diablo. Los balazos no faltan cada noche en ese callejón. Se dice que quienes, venciendo el miedo, pasaron por ahí, fueron atravesados por las balas fantasmales y murieron al instante, formando así parte de las repetidas apariciones en el callejón. Algunos otros, sin ser heridos por las balas, se mueren de puro susto. Pero también hay dos o tres que lograron pasar con vida y cuentan, entre tartamudeos, que vieron a Pancho Villa y a sus acompañantes, cuando caían víctimas de los impactos de bala. Conforme pasa el tiempo, son más los muertos que pueblan ese sitio y son más los fantasmas que se duelen y salen despavoridos. Sus asesinos, no conformes con haber asesinado al general una vez, siguen matándolo cada noche y llevándose al mundo de los muertos a los despistados que pasan por el callejón. Esta noche fue El Guitarra. Mañana su fantasma estará presenciando la muerte del general Pancho Villa, escuchará el impacto de cuarenta y siete balas, y será uno más de los miedosos que saldrán corriendo para que no les toque un balazo, sin saber que a la mayoría ya les tocó uno, y por eso están ahí, muertos, pero como almas en pena.

Doña Alicia se quedó en silencio, sirviéndose agua, mientras Andrés y Doro jugaban nerviosos con las gotas que todavía quedaban en sus vasos.

—Si les hubiera contado esta historia antes de esta noche, hubieran pensado que estoy loca. A ti Doro, te lo dije, pero no quise comprobarte que era verdad, porque no tenía caso poner tu vida en peligro por algo así.

—¿Y usted a qué va a ese callejón? —dijo Doro apenas se le pasó el susto.

—Es mi trabajo. Me contrató un historiador del Pueblo de los Vientos para que investigara sobre esa leyenda. Ése era el trabajo que te iba a proponer.

—¿Ir todos los días a ese callejón? ¡Ni loco! —se apresuró a decir Doro, recordando lo que había presenciado esa noche.

—No, claro que no. Tú trabajo sería ayudarme a acomodar los apuntes que voy haciendo con cada visita al callejón —luego volteó hacia Andrés—. Pero ahora que tu amigo también sabe sobre la leyenda, nos puede ayudar. Así terminaremos más pronto.

—¿Y de qué sirve investigar? —dijo Andrés, pues no entendía por qué la señora misteriosa perdía el tiempo con algo así.

—Investigo para saber cómo hacer descansar a los espíritus, para que dejen de vagar por todo el pueblo, o llegará el momento en que todo Parral será un pueblo fantasma. Hoy ustedes tuvieron mucha suerte.

Platicaron una hora más sobre aparecidos. Luego, se pusieron de acuerdo para regresar al siguiente día y empezar con el trabajo de acomodo de los papeles. Doña Alicia los acompañó hasta su casa.

Las calles estaban muy tranquilas y frías. Nadie, excepto los tres caminantes, sabía que la muerte acababa de pasearse por Parral.

Hablaron muy poco en todo el camino. Primero dejaron a Andrés, a quien ayudaron a trepar por la ventana sin que sus papás se dieran cuenta. No hubo ningún problema, éstos dormían a pie tendido.

—Los veo mañana a las tres junto a la estatua del general —le dijo murmurando doña Alicia cuando llegaron a la casa de Doro—. Voy a llevar arroz con leche —el futuro fotógrafo se relamió los labios y cerró la ventana diciéndole adiós a su amiga.

Doña Alicia caminó unas calles buscando un teléfono público para marcar el número de la policía.

—¿Bueno? ¿Sí? Llamo para reportar el cadáver de un hombre en el callejón Gabino Barreda. Manden a alguien a recoger el cuerpo antes de que amanezca y pasen por ahí los niños—. Apenas dijo eso, colgó. No quería que supieran quién había hecho la llamada.

Caminó hasta su casa sin prisa. Al llegar la recibieron sus patos, gallinas, gatos y perros, que apenas estaban despertándose.

Durmió toda la mañana hasta la hora en que tenía que verse con sus dos amigos junto a la estatua que, según los del pueblo, tenía el alma del general Pancho Villa. Todos le prendían veladoras el 5 de junio, el día en que nació Doroteo Arango Arámbula, pues no se sabía exactamente qué día había nacido Villa; pero al final de cuentas eran la misma persona, pero diferente.

Cuando se levantó e iba bajando el cerro, andando como barco ladeado, escuchó a un vendedor de periódicos anunciando que habían encontrado a El Guitarra muerto en el callejón Gabino Barreda. Para ella no era noticia, pero a todos los del pueblo ese suceso los puso con los pelos erizos, al punto de exigirle al presidente municipal de Parral que cerrara ese callejón que parecía estar habitado por el mismísimo diablo.

No era el diablo quien estaba ahí, pero quizá era algo peor.

Dudas

DORO Y ANDRÉS tenían muchas preguntas que hacerle a doña Alicia. Andrés quería saber cuál era el secreto que guardaban su amigo y ella; pero no se atrevía a preguntarle a ninguno de los dos.

Apenas llegó su amiga, Doro casi le arrebató uno de los recipientes con arroz y se puso a comer, como si hubiera estado en ayunas diez días, encerrado en un calabozo. Alicia fue la encargada de ponerle su arroz con leche al Villa de piedra. Ninguno de los tres (o mejor dicho, de los cuatro, si contamos la estatua) dijo ni pío mientras comían. Ya cuando acabaron empezaron las preguntas. Fueron muchas, y sería muy aburrido decirlas todas, diré sólo algunas esperando que no se me olvide una importante. El miedo a veces produce amnesia.

Doro fue el primero en acabarse el arroz y, relamiéndose los labios, también fue el primero en preguntar:

—¿Por qué dicen que esta estatua tiene el espíritu de Pancho Villa? —al escuchar esto, Andrés, que estaba acabándose su postre casi se atragantó y, por el susto, abrió los ojos con cara de muerto.

—Es una historia muy larga. Está relacionada con lo que sucede en el callejón todas las noches. —Doña Alicia se sentó con la espalda recargada en la estatua. Sus dos amigos hicieron lo mismo. Ya se estaban acostumbrando a que les contara cosas de fantasmas y muertos.

—Cuando el general Pancho Villa vivía aquí en Parral y la Revolución ya había terminado, un día pasó exactamente por donde estamos, y al ver lo hermoso de este pueblo gritó: "Parral me gusta hasta para morirme." Alguna gente lo escuchó, y cuando lo asesinaron, construyeron esta estatua en su honor, para recordar esas palabras que el general pronunció con orgullo, feliz de vivir en estas tierras del norte de México. Si le das la vuelta a la estatua, en la parte de atrás hay una pequeña placa donde dice la famosa frase que dijo el general. Con el tiempo, se ha dicho que en algunas fechas del año, esta estatua toma vida y se pasea por todo el pueblo. Entonces se va a recorrer el panteón, a visitar a su cuñada Elpidia Rentería y a su suegro. Pero eso sí no me consta. ¡Sabrá Dios si sea verdad! Y ni quisiera comprobarlo. Ya bastante tengo con lo que pasa en el callejón. Mi corazón se arruga todas las noches del puro miedo.

Hizo una pequeña pausa y miró a su alrededor. Parral estaba lleno de casas muy viejas construidas de piedra y con techos muy altos. De la mayoría de las azoteas salía humo, pues la gente prendía lumbre en las estufas de leña para no sentir el frío. A doña Alicia también le gustaba vivir en ese pueblo de calles angostas e inclinadas.

—Pero ahí no acaban los chismes. Otros dicen que el espíritu del general ronda su tumba. Pero se supone que su cuerpo no está ahí donde se cree. Ya ni se sabe en dónde lo dejaron. Unos dicen que en la Ciudad de México, otros que aquí mismo en el panteón pero en otra tumba con otro nombre... Pues yo ya estoy muy reborujada. Ya ni sé. Yo prefiero pensar que por todo Parral ronda el espíritu de él, como si nos vigilara.

La señora misteriosa hizo otra pausa y trató de adivinar lo que sus oyentes estaban imaginando. Pero no pudo.

—¿Qué piensas de esta historia, Doro? ¿La crees?

—No sé. Yo creo en fantasmas, pero no tanto. A lo mejor en el diario viene algo que nos dé una pista para saber si es verdad que mi tocayo Pancho Villa anda por ahí apareciéndose. ¿Ya no tiene más hojas que me transcriba?

—¿Tu tocayo? —dijo Andrés sorprendido—. Tú te llamas

Doro, no Pancho. ¿O te llamas Pancho Doro y no me lo habías dicho?

Doña Alicia y el futuro fotógrafo se le quedaron viendo y empezaron a explicarle, pero primero Alicia le contestó a Doro que sí, que le quedaban fragmentos del diario, pero muy aburridos, porque ahí se narraban puras batallas de Doroteo Arango Arámbula, y como casi todos los pleitos, no tenían mucho chiste.

Cuando se lo explicaron con cada detalle, Andrés entendió clarito todo eso de que un señor que se llamaba Doroteo y vivía en Durango se cambió de nombre justo antes de venirse a Chihuahua, y entonces todos empezaron a llamarlo con el nuevo nombre, como si fuera el de pila. Lo entendía clarito porque él siempre quiso llamarse de otra manera, pero su mamá le decía que estaba loco, que su nombre estaba muy bonito. A Andrés le hubiera gustado llamarse diferente cada día del año.

Luego de que entendió todo, los dos amigos siguieron preguntando más cosas, mientras Parral se iba oscureciendo y la gente comenzaba a salir por el pan y la leche. Otros regresaban cansados del trabajo, y como esos días no había escuela, los chamacos seguían jugando en las calles a las escondidas, al bote volado, a las canicas, a la gallina ciega, al fútbol o a las tarjetas de monstruos y avatares, a ver quién ganaba más puntos.

A Andrés le gustaba el fútbol y tuvo ganas de ir a "hacerle la reta" a dos amigos que pasaron con un balón, pero prefirió quedarse a seguir platicando con la señora misteriosa.

—Y esta noche pasará lo mismo —dijo pensativa Alicia—. Pancho Villa morirá otra vez.

—Es raro que sea de noche, si según el periódico lo mataron en la mañana, creo —dijo Doro sin dejar de mirar a todos los que pasaban con balones de fútbol o con cosas de la tienda. Ya tenía que regresar a casa, pues se le había bajado el arroz con leche y las tripas le gruñían de hambre. Además, seguramente su mamá estaba esperándolo.

—Sí, a las ocho de la mañana lo mataron —contestó Alicia con tristeza—. Sólo los fantasmas saben por qué salen a esa hora. Será porque así los ven menos personas y con muchas miradas quizá se desinflan y se esfuman.

Doro se quedó pensando en el miedo que le daría ser fantasma, Andrés en lo padre que sería asustar a la gente. Alicia pensaba en lo peligroso que había sido para ella estar siempre vigilando a los fantasmas del callejón Gabino Barreda.

—¿Entonces qué?, ¿me van a ayudar a acomodar mis apuntes? —les dijo de repente.

Los dos, sin decir nada, le dieron la mano como cerrando un pacto.

—Entonces mañana a las diez los veo en mi casa. ¿Saben cómo llegar?

—Sí, pero… —Andrés dudaba en confesarle algo a su amiga.

—Dime, Andrés ¿No tienes tiempo mañana?

—Sí, sí tengo mucho tiempo. Hasta me aburro todo el día. Pero… cuando no voy a la escuela me levanto a las once —dijo poniéndose colorado de vergüenza.

—Está bien. Ahí los veo a las doce, para que tengan una hora para desayunar —contestó doña Alicia sonriendo—. Lleven unos lápices y un marcador rojo, de los que usan en la escuela.

Se dieron un abrazo y ya iban a separarse, pero en ese momento Doro tuvo una idea. Sacó su cámara (más bien, la cámara que le había prestado doña Alicia) y les propuso a sus amigos que se tomaran una fotografía en la estatua de Villa. Después de batallar un poco, colocó la cámara arriba de un bote de basura y la activó para que tomara la foto después de unos segundos. Así le dio tiempo de llegar a acomodarse al lado de sus amigos y sonreír. Los tres se abrazaron con Doro en medio, y con el Villa de piedra atrás. Abajo, se alcanzaba a ver el traste de arroz todavía lleno. Cualquiera diría que Pancho Villa no tenía hambre. Quizá aprovecharía la noche para desentumirse un poco y comer algo de su postre favorito. En ese pueblo todo podía pasar.

Las fotografías mal tomadas

DORO SE LEVANTÓ temprano para ir a imprimir todas las fotos que había tomado desde que Alicia le prestó la cámara. Su mamá le hizo de desayuno *hot cakes* con mermelada de fresa, como a él le gustaban, y mientras comía se puso a repasar todas las fotos en la pantalla de la cámara. Las de las vías del tren, las de unos perros de la esquina, las de su mamá mientras veían el catálogo de zapatos; y al llegar a las fotografías que había tomado en el callejón, no podía creer lo que miraba. Esas no eran sus fotos, no era la época, no era nada parecido a lo que él vio aquella noche. ¡Era imposible!

En lugar del coche donde estaba muerto Pancho Villa, estaba el aire, el vacío, y al fondo la pared de las casas, las cuales estaban iguales a la época actual, no como esa noche en que retrocedió el tiempo. La mujer y el sacerdote no estaban. El árbol no tenía enredaderas en todo su tronco, los balcones habían desaparecido. Parecía que la cámara no veía lo mismo que el ojo de Doro. Se le había ido al futuro fotógrafo la oportunidad de ser famoso y salir en las portadas de todas las revistas. Lo único que tenía eran fotos del callejón. Fotos que cualquiera podría ir a tomar en ese momento.

Se conformó con imprimir las fotos de su mamá, de sus amigos en la estatua de Pancho Villa, y las de los perros que parecían posar cuando les apuntaba con la cámara.

Como era todavía temprano para pasar por Andrés e irse a

la casa de doña Alicia, después de regresar de imprimir las fotos se las estuvo enseñando a su mamá y pegó una junto a un cuadro donde su papá traía saco y corbata, a cuyo lado estaba Hermila vestida de novia. Era una foto en blanco y negro un poco desgastada.

Su papá era idéntico al señor del callejón. El mismo bigote desparpajado, el cabello peinado hacia atrás. Aunque no lo conoció, Doro lo extrañaba mucho. Hubiera querido platicar con él y encontrarlo en casa después de la escuela.

Mientras llegaba la hora de irse, estuvo bailándole a su mamá las canciones de la radio y contestando unas acertijos que el locutor ponía para que los radioescuchas se ganaran un pollo rostizado.

—¿Ves, mamá? Si tuviéramos teléfono ya hubiéramos puesto una pollería —decía cada vez que contestaba bien las adivinanzas.

—Cuando tengamos dinero lo ponemos. Ya verás —le contestaba su mamá, sin dejar de hacer las bolitas de arroz, carne y huevo para preparar unas albóndigas con chipotle.

Doro se fue a la casa de Andrés pensando que cuando se convirtiera en un fotógrafo famoso iba a poner teléfono, y a lo mejor hasta compraría un coche para que su mamá fuera de casa en casa vendiendo zapatos. "No, mejor que mi mamá ya no trabaje en eso y se vaya conmigo a recorrer el mundo", pensaba en el momento en el que Andrés le abrió la puerta y salieron corriendo rumbo al cerro para llegar a la casa de la señora misteriosa a tiempo. Iban impacientes por escuchar otra historia de aparecidos. Ya se estaban acostumbrando al miedo. Aunque todavía se les ponía la piel de gallina cuando pensaban en algún aparecido.

Chitón

Doña Alicia no habló mucho. Les dio las buenas tardes y los acomodó junto a una mesa, para después sacar unos papeles de una caja de huevos que tenía debajo de la cama y ponérselos enfrente a sus nuevos ayudantes.

—Se trata de acomodarlos por fechas. Las tienen en la parte de arriba —luego que les dio las instrucciones, salió al patio a darle de comer a sus animales. Doro recordó los primeros días en que juntos alimentaban a las palomas. Cuando tuviera tiempo le iba a proponer a su amiga que invitaran a Andrés al parque. Se iban a poner botijonas con tanto maíz.

Mientras trabajaban, se encontraron con papeles de diferentes tamaños y colores. Unos con rayas, otros con cuadrícula, blancos, amarillos, rosas. Unos maltratados y otros planchaditos como nuevos. Los colores de tinta con los que estaban escritos también eran muchos. Incluso había cosas escritas en rojo, lo que, según el maestro de Andrés y Doro, era de mala educación. Pero ni modo de decirle a doña Alicia. Capaz y los sacaba a patadas de su casa y les decía que eran unos testarudos, o los mandaba *por la leña*, o cosas peores.

La señora misteriosa se estuvo toda la tarde echando maíz y tortilla mojada a los pollos. A los gatos y perros les dio frijoles con tortilla seca.

Cuando terminaron de acomodar los papeles, se pusieron a husmear en ellos. En los últimos dos decía algo de El Guitarra.

Cuidando que no los viera su amiga, lo leyeron:

Ayer murió El Guitarra. Sabíamos que tarde o temprano iba a pasar. Como dicen por ahí, "tanto va el cántaro al agua..." Lo había visto muchas veces quedarse a dormir en ese callejón y le había advertido. ¡Pero qué se iba a acordar si siempre andaba bien borracho!

Me acuerdo cuando llegó a este pueblo. Todavía se podía platicar con él y me contó que su oficio en Sinaloa era hacer cuerdas de guitarra. Que siempre quiso ser músico, pero sus papás no tuvieron dinero para mandarlo a una escuela. Entonces se conformaba con hacer cuerdas que otros tocarían.

Pero la fábrica cerró, entonces se vino a vivir a Parral y consiguió trabajo de albañil. Apenas terminaba su jornada se iba todos los días a la cantina El Centauro del Norte, a echarse unos tragos y contarle chistes al cantinero. Hasta que se volvió loco y ya casi no trabajaba. Entonces vivía de las limosnas que le daba la gente.

Descanse en paz. Espero verlo hoy en la noche para despedirme, aunque él no me vea ni me escuche.

Los dos amigos se miraron con tristeza y empezaron a leer en voz baja un segundo papel, el cual tenía la misma fecha que el primero.

Ahí estaba El Guitarra, entre todos los que no sabían que Pancho Villa iba a morir minutos después. Ingenuo, mi pobre amigo, estaba deambulando por la calle.

Quizá así, como alma en pena, no le digan por su apodo, y lo llamen siempre por su nombre de pila: Francisco Puentes. Tal vez ni él mismo se acuerde que le gustó siempre la música y el alcohol, y que se sabía más de mil chistes. O quizá, ni siquiera de su nombre tenga memoria.

Traté de saludarlo. Grité, sabiendo que era imposible que me escuchara porque él ya es parte de otro mundo en el que sólo atiende a sus parecidos. Era su primera noche ahí, y cuando escuchó los balazos se asustó muchísimo. Salió co-

rriendo tratando de salvar a un niño y a una señora que es-
taban cerca. No se le quita lo buena gente. Ahora es un fan-
tasma tratando de salvar a otras almas en pena.

Cuando terminaron de leer, Andrés y Doro se arrepintieron de haberse burlado de Francisco Puentes, gritándole "¡guitarra!" para que tocara su instrumento imaginario. Acababan de conocer su verdadero nombre, el que le pusieron sus papás cuando era niño.

Se despidieron de doña Alicia, pero no habló mucho con ellos. Estaba muy entretenida regando sus plantas, platicándoles historias de enormes árboles de países lejanos.

La soledad

A PESAR DE QUE DORO estaba un poco cansado de acomodar papeles todo el día, sacó de su pantalón el último fragmento del diario que tenía en su poder y, recostado en el sillón, con su gata Chantal, comenzó a leerlo.

Aunque siempre he estado rodeado de muchas personas, me siento solo. Es como si con el fin de la Revolución hubiera llegado la soledad muy de repente. A pesar de que me siguen los fantasmas noche y día, parece que con ellos no basta. No platican conmigo, es como si en el otro mundo les hubieran mochado la lengua. Y aunque nunca he sido muy conversador, por lo menos necesito a alguien que me recuerde las cosas que han pasado todos estos años. No importa que me haga acordarme de los sucesos malos. También de esas cosas se compone la vida.

Estar solo, a veces es más pesado que traer un máuser en el hombro. Es más pesado que traer una roca de esas que crecen en los cerros.

Antes siempre traía un fotógrafo conmigo. Ahora ni siquiera mi caballo me acompaña. Al Siete Leguas ya ni lo veo. No sé si ya se murió. Ha de andar por ahí relinchando, sin saber si todavía estoy vivo.

A veces, para no estar apartado de todos, me dan ganas de ir a visitar a los niños de las escuelas que mandé a construir. Luego pienso que para qué. De seguro muchos de ellos ni saben quién soy. ¡Qué van a querer platicar con un viejo bigotón y malencarado! Mejor me quedo aquí con mis hectáreas de siembra, y de vez en cuando salgo a algunas fiestas del pueblo. Ya ni el que me ayudaba a escribir esta libreta está conmigo. En su lugar he puesto a un chamaco que a veces me trae lo que necesito para comer. Él está yendo a una de esas escuelas que mandé a construir cuando el oro abundaba y podía darle a toda esta gente monedas que encandilaban de tanto que valían.

Bueno, ya no sigo, porque este chamaco se va a cansar y ya no va a querer venir a escribir lo que le dicte. Antes le podía dar un puñado de monedas por su favor, ahora nomás le regalo un puñado de canicas que encontré por ahí rodando en la casa. ¡Quién sabe de dónde saldrían! Aquí nunca han vivido niños.

7 de enero de 1923

¿Dónde está?

Habían quedado de ir con la señora misteriosa para seguir acomodando otros papeles que tenía en la caja de huevos. Según vieron, faltaban muchos.

Se pusieron de acuerdo para ir vestidos de traje negro y de esa forma parecer trabajadores de oficina acomodando papeles importantes. Doro se puso uno que le compró su mamá cuando se casó el único vendedor de jabones del pueblo. Andrés se puso el mismo que usó en su primera comunión.

El futuro fotógrafo pasó por su amigo un poquito más temprano que el día anterior y se fueron contentos rumbo al cerro, dispuestos a avanzar más rápido, claro, sin dejar de husmear un poco en lo que estaba escrito en los papeles.

Los dos se veían muy extraños con sus trajes negros, pues les quedaban cortos y como no estaban acostumbrados a usarlos, se movían como robots cada vez que daban un paso. Además, la mañana estaba calurosa, y sólo dos chamacos relocos andarían con trajes negros a esa hora en que el sol pegaba de lleno en las calles y ni un cachito de sombra se asomaba en las aceras.

Parecían cuervos en lugar de trabajadores de oficina. Subieron cansados el cerro y llegaron a la puerta del patio. Estaba abierta y avanzaron hasta la casa, sacándole la vuelta a las gallinas y a los patos que les picoteaban las piernas. Caminaron rápido, con miedo a que saliera de entre la hierba un animal ponzoñoso. Ahora sí podían correr, no como cuando vinieron la primera vez con doña Alicia y tenían que aguantarse el pánico para que ella no les dijera gallinas.

Estuvieron un buen rato tocando la puerta pero nadie abrió. Andrés miró su reloj para ver si habían llegado tarde o demasiado temprano, como para que la señora misteriosa no estuviera. Pero no. Era exactamente la hora. Siguieron tocando y pensaron en asomarse por la ventana para ver si estaba dormida y por eso no los escuchaba. Pero dieron vuelta a la casa y se percataron de que no tenía ventanas. Aquello era sólo un cubo cerrado.

Decidieron esperarla un momento y se fueron a pasear por el patio, fisgoneando por entre los árboles donde encontraron un pozo lleno de agua. Junto a éste había una cubeta de aluminio agarrada a un árbol por medio de una cuerda.

Andrés la tiró al pozo para sacar agua y mojar a los patos. Eran los más bravos y se lo merecían. Se les fue el tiempo mojando a los animales de doña Alicia y mojándose entre ellos. La dueña de los patos, de las gallinas y de la casa nunca llegó. No les quedaba otra más que regresar temprano al día siguiente. Ya sin el molesto traje negro que terminó empapado y lleno de lodo.

Tampoco hoy

TODOS LOS DÍAS, los dos amigos de la señora misteriosa fueron a buscarla a su casa en el cerro, pero siempre encontraron su puerta cerrada, mientras los patos y las gallinas volaban de un lado para otro. Algunos perros se habían empezado a juntar afuera, en la calle, muy cerca de la puerta de madera por la que se entraba al patio.

Pasó una semana y doña Alicia no aparecía. Andrés y Doro se atrevieron a preguntarle a los vecinos, pero ellos tampoco sabían nada de ella.

—¡Ni idea! Casi siempre está encerrada y sale nomás a darles comida a sus animales y a los perros de la cuadra —les contestó un carpintero que vivía enfrente de ella.

—Ha de andar trabajando —les dijo una señora que rociaba el suelo con agua para que el calor se apaciguara un poco.

—Con razón los perros de la calle están aquí —comentó Andrés mientras jugaba a darle de comer ramitas a una de las gallinas—. Porque doña Alicia les da de comer.

—Hoy mismo en la noche vamos al callejón —dijo muy decidido Doro mientras veía el sol a través de un árbol muy grande que apenas dejaba pasar la luz.

—¿Para qué quieres regresar a ese lugar?

—Se me ocurrió que a lo mejor ahí está doña Alicia, pues como dijo la vecina, ha de estar trabajando. Y su lugar de trabajo es ahí.

—Ah, pues sí, Doro. No se me había ocurrido.

—Hay que irnos a nuestras casas a alistarnos para en la noche —se levantó y su amigo lo siguió con determinación—. Vamos a hacerle una visita a nuestra amiga en su trabajo, y de paso aprovechamos para ver a El Guitarra y a Pancho Villa. Chance y ahora sí me salgan claritas las fotos.

Cuando cruzaron la puerta de madera, un perro empezó a ladrar adentro de la casa, pero no le hicieron caso. En ese momento no podían hacer nada por los gatos, los pájaros y los perros, pues era imposible entrar a darles de comer.

Andrés sabía que su amigo quería ir al callejón para visitar a su papá y tratar de hablar con él; pero no le dijo nada, pues él hubiera hecho lo mismo si su papá fuera un fantasma.

Otra vez

TODO PASÓ como en las noches anteriores. El lugar se fue transformando poco a poco, pero esta vez no tomó desprevenidos a los visitantes. Doro con cámara en mano empezó a disparar con la esperanza de que saliera plasmado en las fotografías lo que estaba viendo en ese momento. Le temblaba la mano y quizá salieran poquito movidas, pero con que salieran se conformaba.

El asfalto empezó a convertirse en piedra, las paredes se hicieron de adobe, los balcones surgieron de las casas y de ellos empezaron a salir hombres con armas de fuego mirando hacia el lugar en donde daría vuelta el coche de Pancho Villa.

—Tenemos que matarlo e irnos —dijo uno de los hombres, pero los dos visitantes no supieron quién de ellos, pues los fantasmas hablaban muy raro, casi sin mover la boca.

Se despegaron del árbol cubierto de enredaderas y empezaron a caminar hacia donde estaba un joven con su cajón, dándole cera a las botas de un hombre. La fila para bolearse era muy larga, como si ése fuera el único bolero de la calle. Ninguno de los dos visitantes se había fijado en la cara del que en ese momento tenía sus botas encima del cajón de bolear.

—Guitarra... —susurró Andrés mientras palidecía por la impresión de encontrar ahí, como si estuviera vivo, al loco del pueblo, sabiendo que hacía unas noches estaba muriéndose en ese mismo callejón, con un balazo en el pecho.

Ninguno de los fantasmas veía a los visitantes vivos y las carretillas rellenas de frutas los traspasaban como si fueran niños de aire. También los hombres y mujeres que caminaban por la acera tomados del brazo pasaban a través de ellos. Doroteo Rosas y Andrés Guaderrama podían gritar y ninguna de esas personas que poblaban el callejón les haría caso. Por eso ni siquiera lo intentaron. Retrocedieron, queriéndose alejar de todos aquellos hombres muertos, cuyas almas seguían vagando.

Doro buscaba al señor de los zapatos para hablarle, con la esperanza de que lo escuchara. Entonces sí gritaría muy fuerte. Pero no tuvo oportunidad de hacerlo. En lugar de eso, los dos enmudecieron de forma repentina.

Alguien se aproximaba a ellos con paso lento y con el cuerpo ladeado. Creyeron que los veía directamente a los ojos y los iba a saludar, pero no. Tenía los ojos clavados en el coche del general Francisco Villa que pasaba por el puente del arroyo seco. La seguía, muy de cerca, un perro negro con el pecho blanco. Era uno de los suyos. El animal empezó a ladrar apenas vio el coche. Doña Alicia estaba vestida de negro con un sombrero y un velo del mismo color que le cubría el rostro. Parecida a La Llorona.

Las ráfagas de disparos desde los balcones se escucharon en toda la calle. Doña Alicia salió corriendo hacia el coche donde Pancho Villa abrió una de las puertas tratando de salir. Estaba muy herido y su cuerpo quedó colgando de uno de los asientos. Todavía estaba vivo, pero no tenía fuerza.

La señora misteriosa lo abrazó, sin saber qué más hacer.

—¡Pancho! ¡No te vayas! ¡Todavía no, Pancho! ¡Todavía no! —gritaba desesperada dándole un beso y acariciándole el cabello. En ese momento el general dio su último suspiro.

Doro y Andrés comprendieron inmediatamente que su amiga se había convertido en la viuda de Pancho Villa. Estaría llorándolo todas las noches hasta que alguien hiciera algo para detener esas apariciones y todos los pobladores nocturnos de ese callejón pudieran descansar en paz. Incluyendo el perro negro de pecho blanco.

Hubo un silencio que a los dos visitantes se les hizo eterno. Doro seguía buscando con la vista a su papá, pero no lo encontró.

Poco a poco todo empezó a desaparecer. Los dos amigos se despidieron de la señora misteriosa, haciéndole una señal con la mano, aunque sabían que ella no los miraba.

Cuando se esfumó su imagen junto con la del cadáver de Villa, los visitantes abandonaron el callejón con la cabeza gacha, tristes de ver a su amiga atrapada en ese repetir de todas las noches. ¿Pero qué podían hacer? ¿Cómo podían lograr que todos ellos descansaran? Mientras no tuvieran la respuesta no regresarían a ese lugar. Ni siquiera a buscar al papá de Doro o a tomar más fotografías.

Los perros

No DEJARON DE LADRAR los perros. Quizá así de inquietos estaban todas las noches, pero esa vez Doro los escuchó porque no pudo dormir pensando en su amiga, en la señora que sin conocerlo bien le dio trabajo, la persona con la que alimentó a las palomas y les inventó historias a cada una, la señora con la que había disfrutado de un riquísimo arroz con leche al lado de un señor bigotón buena gente. Iba a extrañar las historias que contaba sobre las cosas que sucedían en Parral. Iba a extrañar todas sus pláticas llenas de misterios y fantasmas. Iba a extrañar la forma como platicaba con sus plantas.

La amiga de Doro se había llevado con ella muchas leyendas, pero el futuro fotógrafo estaba seguro que muchas otras estaban en los papeles de la caja de huevos. Ahí se encontraban historias que le servirían a Doro para comprender por qué doña Alicia había escogido ese trabajo tan arriesgado y quién era el historiador que la contrató para ir todas las noches a ese sitio tan tenebroso.

También pensó en su papá. En ese señor que nunca conoció, pero de quien su mamá hablaba maravillas. Siempre le habían ocultado la forma como murió. Pero ahora el futuro fotógrafo lo sabía y se sentía contento de haberlo visto, aunque fuera en apariciones. Ahora podía decir que lo había conocido. La fecha en que lo hizo nadie se la creería, pero allá ellos.

Como no podía dormir, se levantó a las seis de la mañana para invitar a Andrés a la casa de doña Alicia. Tenían que ir a

alimentar a los animales y ver lo que contenían todos los papeles de la caja de huevos.

La mamá del futuro fotógrafo estaba lavando ropa desde temprano y le extrañó ver a Doro despierto a esa hora.

—¿Te caíste de la cama? Hoy no hay escuela —Doro se en-
cogió de hombros—. Oye Doro, por cierto, ¿cómo dijiste que
se llamaba tu amiga la que te prestó la cámara?

—Susana —contestó Doro desviando la mirada para que su
mamá no lo cachara en la mentira.

—Ah, entonces no es. Me pareció ver ayer en el periódico la
foto de una señora que encontraron muerta en el callejón, y se
parecía a tu amiga. Pero no se llamaba Susana. Se llamaba Alicia, creo. Era idéntica a la señora con la que te tomaste una foto
en la estatua de Villa. ¿Te acuerdas que me la enseñaste? ¿La has
visto en estos días?

Asintió con la cabeza y dándole un beso a su mamá salió
corriendo rumbo a la casa de Andrés. Ahora no cabía duda, a
su amiga la había alcanzado una bala y por eso andaba vagando
todas las noches, representando a la viuda del general.

Apenas llegó a donde vivía Andrés, los dos se fueron dere-
chito a la casa de doña Alicia. En el camino compraron croque-
tas y unas tortillas para darles a los animales. Tuvieron que pasar por el patio lleno de hierbas, pero esta vez no tenían miedo
de las serpientes. Les asustaba más la idea de estar entrando a la
casa de una muerta. Y peor aún, de una aparecida.

Cuando llegaron a la puerta de entrada, se dieron cuenta que
estaba abierta. Se les hizo raro, pero pensaron que algún vecino
andaba fisgoneando en las pertenencias de la señora misteriosa.

Los papeles

Estuvieron curioseando por toda la casa. No era muy grande, pero tenía escondites que nunca hubieran imaginado. En una lata de atún, encontraron unos billetes antiguos con los rostros de Venustiano Carranza y Benito Juárez; y en el vaso de una veladora descubrieron unas cartas de parientes de doña Alicia. Pero como Andrés y Doro no querían ser muy metiches, sólo leyeron la mitad de una de ellas, y por ese cachito de la carta supieron que el historiador que había contratado a su amiga, era su primo hermano, y como éste señor tenía ciento diez años, le tocó vivir en la época de la Revolución.

Así fueron descubriendo muchos papeles que les ayudaron a comprender el trabajo de su amiga. Les hubiera gustado conocerla más, pero ya no iba a ser posible.

Tanto se entretuvieron husmeando por la casa, que se les olvidó darle de comer a los animales, quienes andaban inquietos siguiéndolos para todos lados. Se acordaron de darles comida cuando Andrés dijo: "como que ya hace hambre, ¿no?", y los perros, los pájaros y el gato parecieron decir que sí.

—¿Vamos a regresar? —preguntó Doro cuando iban a salir de la casa para ir a comer.

—No creo, Doro —dijo muy serio Andrés—. ¿Para qué? Aquí ya no hay nada.

Entonces Doro se regresó a la casa para tomar unos papeles de la caja de huevos y una libreta tan vieja, que parecía de hacía un siglo; y lo era, pues Pancho Villa había dictado lo que le pasó en algunos momentos de su vida, entre 1910 y 1923. ¡Por fin iba a poder leer Doro el diario completo y sin que doña Alicia lo rescribiera a su antojo!

Se escondió todos los papeles para que su amigo Andrés no los viera, pues quería seguir compartiendo el secreto sólo con la señora misteriosa. Que aunque no estuviera viva, según él, los pactos debían ser para siempre.

—¿Se te olvidó algo?

—Sí. Una moneda de diez pesos que se me cayó entre el colchón —mintió Doro para que su amigo no sospechara, aunque no traía nada de dinero, porque el billete que tenía guardado lo gastó en las impresiones de las fotos.

—Ya lo pensé bien, y vamos a tener que regresar todos los días a darle de comer a los animales —dijo Andrés mientras daba un último mendrugo de tortilla a los patos y las gallinas, que se peleaban entre ellos, picoteándose las plumas.

Apenas voltearon, vieron que un señor uniformado entraba por la puerta de madera del patio. Quisieron esconderse, pero era demasiado tarde, ya los había visto.

Doro cruzó los brazos sobre el pecho para cubrir los papeles que llevaba escondidos y Andrés se metió las manos a las bolsas del pantalón para proteger las canicas, los llaveros y las monedas antiguas que tomó de la casa de doña Alicia. Si el policía le preguntaba, le diría que eran sus canicas, sus llaveros y sus monedas antiguas. Que se las regaló su abuela antes de morir.

—¿Qué hacen aquí? —dijo el policía con tono serio y voz firme—. ¿Quién les dio permiso de entrar?

—Venimos a visitar a nuestra amiga —dijo Doro tartamudeando.

—¿Conocían a la dueña de esta casa?

—Sí —respondió Andrés—. Le hacemos los mandados de vez en cuando. Venimos a ver si ahora quiere que le traigamos algo de la tienda.

—Sí. Eso —reafirmó Doro, nervioso—. A ver si quería algo.

—Pues la señora que habitaba esta casa ya se fue a otro lugar. Dudo que quiera que le sigan trayendo la despensa. Ahora váyanse —dijo el policía para luego meterse a la casa y cerrar la puerta, sin darles oportunidad de responder. Aunque no tenían nada que decir, pues el policía tenía razón: doña Alicia se fue a vivir a otro lado y los fantasmas no necesitan encargar la despensa.

La firma de Villa

Los DOS AMIGOS decidieron adoptar a dos de los animales de doña Alicia. Se quedarían con uno cada uno. A Doro le gustó desde el principio el perro negro de pecho blanco, pero éste ya estaba acompañando en el callejón a la señora misteriosa.

Se pusieron de acuerdo para ir esa misma noche por sus nuevas mascotas. Les dirían a sus familias que se las encontraron en la calle vagando. Doro le llevaría un acompañante a su gata Chantal.

Quedaron de verse a las diez de la noche, pues seguramente a esa hora el policía ya no estaría en la casa. La vigilancia era para tratar de agarrar al asesino de la señora misteriosa, aunque los dos amigos sabían que el asesino era uno de los doce fantasmas que salían cada noche de un balcón, dispuestos a matar al general... pero a los muertos no se les puede meter a la cárcel.

Doro aprovechó la tarde para leer los papeles de su amiga, incluyendo el diario de Pancho Villa, el cual tenía dibujado en la pasta un caballo y a un lado una *P* con un punto bien marcado. El futuro fotógrafo supuso que esa era la firma de su tocayo Pancho Villa.

Entre los papeles que Doro tomó de la caja de huevos había una lista de las personas que recibieron una bala en el callejón Gabino Barreda. En ésta se encontraban algunos borrachos, un albañil, un escritor, una costurera, dos niños vagabundos, unos siameses, dos locos —sin contar al Guitarra—, un vaquero, un lechero, un vendedor de tamales, un sepulturero y un afilador de cuchillos. Doro agregó con pluma roja debajo de la lista "y una señora misteriosa".

Al ver la lista, el futuro fotógrafo encontró un nombre que lo impresionó: Macario Rosas. ¡Era su papá! No había duda. ¡El papá de Doro era una más de las víctimas del callejón!

Doro siguió hojeando los papeles un poco triste por su papá, pero contento porque éste iba a tener como compañera a una de sus mejores amigas.

Entre las páginas del diario de Pancho Villa, hubo una parte que le llamó mucho la atención, porque nunca imaginó que alguien podía ensayar su muerte, como si se tratara de una obra de teatro. Entonces, empezó a leer con detenimiento.

Ensayo mi muerte

Hace días mandé a comprar un espejo grandote donde me pudiera ver de cuerpo entero. Desde entonces, estoy casi todo el día enfrente de él ensayando mi muerte.

Cualquiera diría que estoy más loco que una cabra y que se me zafó un tornillo. Pero no es así, sólo pienso que hasta para morir hay que tener estilo. Y como reteharta gente quiere que me muera, apenas se enteren que mi cuerpo ya no respira van a venir con cámaras enormes a tomarme fotos. Los primeros en mandar a los fotógrafos van a ser los gringos canijos, que hasta han ofrecido dinero por mi cabeza. Chance y hasta yo vaya a ofrecerles mi choya para cobrar el dinero que dan por mí.

Ensayo mi muerte como los caballos ensayan dormidos su cabalgar. Ensayo para tener mi mejor pose cuando fotografíen mi cadáver. Sería muy feo que habiéndome cuidado tanto tiempo, ya muerto estuviera todo zarrapastroso. Por eso sigo ensayando. Lo hago de noche y de día, pues no es la misma morir con la luz del sol que con la de la luna.

Frente al espejo finjo que muero de diferentes maneras. Unas veces envenenado, otras veces fusilado, otras de viejo, otras cayéndome de un caballo. ¡Sabrá Dios cómo me muera! Pero segurito las personas que me vean no se van a llevar una mala impresión de mí. Muchos dirán: "¡Ah, mi general, qué manera tan bonita de morir!"

21 de marzo de 1923

A escoger a los animales

DE NOCHE la casa parecía más vieja y las plantas semejaban manos que estaban a punto de tomar a los dos por los tobillos. Por eso Andrés, que era el que llevaba la linterna, iluminaba a cada rato hacia el suelo.

No había rastros de ningún policía y los animales probablemente estaban dormidos, pues todo estaba en silencio. El plan era llegar hasta la casa, encender la luz y buscar cada quien al animal que se iba a llevar: Andrés un perro y Doro un gato para Chantal.

Apresuraron el paso para salir lo más pronto posible de ese sitio en el que el silencio daba miedo y el viento parecía más helado que en todas las calles de Parral.

La linterna temblaba en las manos de Andrés, quien sudaba a chorros pero sonreía como si quisiera ocultar su espanto. Conforme se acercaban, los sonidos empezaban a surgir de todos lados. Se escuchaba el chapotear del agua en el pozo, como si ahí nadara alguien, el aletear de los pájaros, el mover de las hojas… Algunos árboles parecían tener ojos que vigilaban a los visitantes.

De repente, Doro empezó a silbar una canción. Los dos caminaban como entre las lápidas de un cementerio. El tiempo se estiraba y no lograban llegar a la puerta de la casa. El futuro fotógrafo dejó de silbar y empezó a cantar con voz temblorosa:

Yo soy soldado de Pancho Villa
sólo unos cuantos quedamos ya,
subiendo cerros, bajando montes,
siempre buscando con quién pelear.

Cuando estaban a punto de llegar a la casa, Doro dejó de cantar y volteó sorprendido hacia Andrés como si no supiera qué hacían ahí. El aletear de los pájaros era cada vez más fuerte.

—¿Estás bien? —le preguntó susurrando su amigo.

—Sí. ¿Por qué?

—Nunca te había escuchado silbar ni cantar. Se me hizo raro.

—No sé silbar. Y cantar menos. No te entiendo —contestó Doro, e iba agregar algo, pero en ese momento, al entrar a la casa vieron y escucharon algo que los hizo quedarse paralizados.

Los dos empezaron a caminar para atrás, preparándose para salir corriendo, para alejarse de ese lugar iluminado por veladoras donde por lo menos una decena de sombras susurraban oraciones que se escuchaban tétricas, al mismo tiempo que los pájaros y las demás mascotas de doña Alicia hacían sonidos extraños.

Ambos empezaron a sudar frío y a sentir que las piernas les temblaban. Por un momento, aunque querían moverse más rápido, no pudieron.

Ninguna de las sombras volteó hacia los recién llegados, pues todos veían con atención un cuerpo que estaba sobre la cama. Un bulto que con la luz proyectándose en su rostro se igualaba a un vampiro en pleno sueño.

Todos los sonidos se hicieron más intensos: el agua en el pozo, el respirar de las plantas, las oraciones, los pájaros, el pisar de los visitantes sobre la hierba mientras corrían, sin querer saber nada de ese lugar, bajando el cerro como si los persiguiera un perro rabioso o un monstruo de muchas cabezas. No querían voltear, por miedo a ver a alguien horroroso atrás de ellos. A lo lejos se escuchaba el relinchar de caballos y el aullar de los perros. Doroteo Rosas y Andrés Guaderrama

querían desaparecer, no existir, para ya no experimentar ese miedo que no podían controlar.

Sin decir nada, los dos se fueron corriendo a sus casas, pero no pudieron dormir, pues en sus cabezas estaban las oraciones y las sombras siniestras que vieron en el cuarto de la amiga fantasma.

La casa

Poco a poco el lugar donde vivía doña Alicia se fue haciendo viejo. Andrés y Doro sólo lo veían a la distancia, pues no querían ni acercarse un poquito, por miedo a que las sombras que vieron esa noche los agarraran del pescuezo. Sombras que de tan negras parecían chamuscadas. Lo recordaban así.

Al parecer los fantasmas poco a poco se iban apoderando del pueblo. La gente decía que había visto al charro negro pasear por las calles, que La llorona bajaba del cerro cada viernes en la noche, que el señor de la arena andaba deambulando por todos lados; pero quizá eran sólo rumores, chismes que inventaba la gente que no tenía nada más que hacer.

Los dos amigos no regresaron al callejón. Sólo se enteraban por el periódico de las cosas raras que ahí seguían sucediendo, y de los muertos que encontraban casi cada mes. Todas víctimas de las balas de los asesinos de Villa.

Doro se preguntaba qué pasaría cuando Parral fuera un pueblo habitado sólo por fantasmas. Quizá él sería un fotógrafo fantasma guardando el secreto de una señora fantasma, y por fin podría platicar con su papá y decirle todo lo que hizo durante todo este tiempo en el que no estuvieron juntos.

Hoy día, cuando Doro no puede dormir, ve las fotografías pegadas en su habitación. Piensa en lo mucho que ha cambiado. Sus facciones le parecen muy marcadas, como las de un brujo malo que está a punto de hacer un gran hechizo. Por un momento cree tener los poderes para despertar a seres terroríficos, pero luego cae en la cuenta que los malos están afuera, y quizá en ese momento haya alguien más tratando de revivir a un muerto o platicando con un fantasma.

Ha tenido ganas de ir al callejón a enterrar el diario de Villa y los apuntes que hacía la señora misteriosa. Quizá así alguno de los aparecidos pueda descansar y dejar en paz a los vivos despistados que pasan por ahí en las noches.

Pero mientras se decide a ir, con la cámara de doña Alicia sigue tomando fotografías a todo lo que encuentra en Parral. Puede que alguna vez le tome por accidente una fotografía a un fantasma y la imagen salga clarita, y eso lo haga famoso. Entonces sí, la primera vez que lo entrevisten, revelará su secreto, y empezará diciendo: "Yo sé de un lugar en donde Pancho Villa muere una y otra vez, todas las noches."

Las muchas muertes de Pancho Villa,
de Elman Trevizo, se terminó de imprimir en junio de 2010
en World Color Querétaro, S. A. de C. V.,
Fracc. Agro Industrial La Cruz
El Marqués, Querétaro. México
Diseño y formación de Emilio Romano.